y Dyn Gwyrdd

yDyn Gwyrdd

Gareth F Williams

Cyflwynedig i'm modryb, Marian

Argraffiad cyntaf: 2012

Comisiynwyd y gyfrol gyda chymorth ariannol AdAS

Cynllun y clawr: Rhys Aneurin

Rhif Llyfr Rhyngwladol: 978 1 84771 455 8

FSC

Cyhoeddwyd, rhwymwyd ac argraffwyd yng Nghymru gan
Y Lolfa Cyf., Talybont, Ceredigion SY24 5HE
gwefan www.ylolfa.com
e-bost ylolfa@ylolfa.com
ffôn 01970 832 304
ffacs 832 782

RHAN 1

Y Goedwig

Pennod 1

Ble mae cychwyn gyda stori fel hon? Stori sydd yn cynnwys pob mathau o bethau… wel, od.

Fel pobol mewn siwtiau yng nghanol coedwig.

Dau ohonyn nhw – dyn a dynes.

Dydi pobol sy'n gwisgo siwtiau ddim yn perthyn mewn coedwig. Mewn hen swyddfeydd sych, ia. Ac mewn banciau sydd yn ogleuo o bolish a phres a dagrau pobol eraill – iawn.

Ond dydi rhywun ddim yn disgwyl dod ar eu traws nhw mewn coedwig. Mae hynny fel dod wyneb yn wyneb â siarcod mewn pwll nofio – neu ddarganfod llygod mawr mewn teisen ben-blwydd.

Pethau sydd ddim yn iawn.

Ac roedd llawer o bethau ynglŷn â'r ddau arbennig yma a oedd yn bell o fod yn iawn.

Roedd yr adar wedi synhwyro hyn yn syth bìn. Er ei bod hi'n brynhawn braf o wanwyn, rhoesant i gyd y gorau i ganu o'r eiliad y dringodd y dyn tal, pob-blewyn-arian-yn-ei-le a'r ddynes dal, denau o sedd gefn eu car mawr, moethus. Chlywyd yr un smic, yr un nodyn, yr un siw na'r un miw wrth iddyn nhw gerdded drwy'r goedwig, o un pen i'r llall.

Roedd hyd yn oed y coed yn cilio oddi wrth y ddau. Roedd o fel tasa'r goedwig gyfan yn dal ei gwynt, fel y byddwn ni i gyd yn ei wneud pan fydd oglau annymunol yn codi oddi wrth rywun mewn ystafell glòs.

Daethant i ben arall y goedwig, y pen pellaf o'r dref, ac at y bwthyn sydd yn gartref i Derwyn a'i dad, Tom.

Arhosodd y dyn yn stond, gan rythu'n gegagored.

'Be yn y byd?' meddai.

Dyna beth oedd ymateb y rhan fwyaf o bobol wrth daro llygad ar y bwthyn hwn am y tro cyntaf. Peidiwch â meddwl amdano fel tipyn o dŷ bach twt. Nac fel un o'r bythynnod sydd i'w gweld ar gloriau bocsys jig-sô neu ar gardiau pen-blwydd hen-ffasiwn – bythynnod gyda thoeau gwellt a waliau gwynion; rhosod a bysedd y cŵn yn tyfu yn yr ardd; ci neu gath yn torheulo'n gysglyd ar garreg y drws.

Edrychai'r bwthyn arbennig hwn fel tasa fo'n gwneud ati i fod yn hyll. Basech chi'n taeru mai rhywun a oedd wedi meddwi'n chwil a gododd y muriau a'r to. Roedd y ffenestri i gyd yn ddi-siâp, rhai yn rhy fawr o lawer ac eraill yn wirion o fach. Doedd y drysau, na'r muriau, na fframiau'r ffenestri ddim yn edrych yr un tamaid yn well ar ôl yr holl baent a blastrai Tom drostyn nhw bob gwanwyn, ac roedd y corn simdde'n gam fel y tŵr enwog yn Pisa ac yn edrych fel dant mawr yn pydru.

'Does neb yn byw yn hwn, siawns?' meddai'r dyn.

Yna sylwodd y ddynes fod yr ardd o flaen y bwthyn yn weddol daclus, a bod gwydr ym mhob un o'r ffenestri. Agorodd y dyn y giât bren simsan – a neidiodd fymryn wrth i honno hanner griddfan, hanner gwichian: sŵn tebyg i gaead arch Draciwla'n codi'n araf.

Gwenodd y ddynes – gwên fach dynn, greulon: roedd hi, yn amlwg, wedi hoffi'r sŵn.

Cerddodd y ddau at y drws ffrynt a'i guro. Doedden nhw ddim wedi disgwyl ateb, a chawson nhw'r un chwaith. Aeth y dyn at y ffenestr agosaf a chraffu i mewn i'r bwthyn. Ia, digywilydd, ond un fel yna oedd y dyn mewn siwt, yn poeni'r un iot am deimladau pobol eraill.

Yn y cyfamser, roedd y ddynes yn sbecian i mewn drwy'r ffenestr arall; edrychodd ar y dyn ac ysgwyd ei phen.

Dychwelodd y ddau at y giât fach bren, cyn troi a syllu eto ar y bwthyn yn feddylgar.

Crafodd y dyn ei ên cyn troi at y ddynes.

'Wel?' meddai.

'Hmmm...' meddai'r ddynes a gwenu'n greulon eto.

Yn ogystal â bod yn dal ac yn denau, roedd ei hwyneb yn hollol wyn. Roedd ganddi wallt du wedi'i dorri'n gwta, gwta a gwisgai finlliw du ar ei gwefusau

– gwefusau a oedd yn denau fel rasal. Du oedd lliw ei dillad hefyd: siaced ddu, sgert ddu, blows ddu, sanau ac esgidiau duon; roedd hyd yn oed y farnis ar ei hewinedd miniog yn ddu.

Gwyrodd ymlaen ychydig gan bwyso dros giât y bwthyn. Agorodd ei cheg fymryn – dim llawer, dim ond digon i adael i'w thafod wibio i mewn ac allan rhwng y gwefusau tenau.

Roedd ei thafod, hefyd, yn denau.

Ac yn hir.

Gyda fforch yn ei flaen.

'Thhhhhhh…' meddai'r ddynes cyn i'w thafod ddiflannu'n ôl i mewn i'w cheg fel pryf genwair yn dianc i mewn i'r pridd.

Ymsythodd.

'Dim problem,' meddai.

Pan drodd y ddau oddi wrth y bwthyn, roedd sawl un o'r blodau a dyfai yn yr ardd wedi gwywo a marw.

Fel tasa rhyw farrug oer wedi'i lapio'i hun amdanyn nhw.

Safai'r bwthyn wrth geg y goedwig, wrth ymyl y ffordd fawr a arweiniai i'r dref. Cefnodd y bobol mewn siwtiau ar y bwthyn a cherdded at ochr y ffordd. Yno, roedd y car mawr, moethus yn aros amdanyn nhw.

'Yn ôl i'r swyddfa, Mr Collins?' gofynnodd y gyrrwr, wedi i'r dyn lithro i mewn i gefn y car.

Nodiodd y dyn ei ben pob-blewyn-arian-yn-ei-le, a llithrodd y car yn dawel i ganol y traffig, fel siarc mawr du. Aeth munudau heibio cyn i'r aderyn cyntaf fentro taro un nodyn bach nerfus, a chymerodd dros awr i'r goedwig gyfan ymlacio drwyddi.

Ond pwy oedd y bobol yma?

'Mr Collins' meddai'r gyrrwr wrth y dyn, yntê?

Collins... Collins... ydi'r enw'n canu cloch? Richard Collins. Syr Richard Collins, a bod yn fanwl gywir.

Na? Beth am hyn?

Call in at Collins – the GIANT STORE that sells more-more-MORE!!

Ia, y siopau anferth rheiny sydd i'w gweld ym mhobman, bron, trwy'r wlad. Y siopau rheiny sydd mor fawr, mae llawer o bobol wedi mynd ar goll ynddyn nhw wrth grwydro o eil i eil ac o un llawr i'r llall.

Ac roedd Richard Collins wedi penderfynu ei fod o am adeiladu ac agor un arall eto fyth.

Yma.

Fel nad oedd digon o siopau – ac o arian – ganddo fo'n barod. Ond pobol fel yna ydi pobol fel Richard Collins. Y mwya'n y byd o arian sydd ganddyn nhw, mwya'n y byd maen nhw'i eisiau.

A does yr un affliw o ots ganddyn nhw sut maen nhw'n ei gael (dim rhyfedd fod llawer o bobol yn ei alw fo'n Filthy Rich y tu ôl i'w gefn).

Gweithio iddo fo'r oedd y ddynes dal, denau. Doedd neb yn gwybod o ble roedd hi'n dod, na fawr ddim o'i hanes. Neb, gan gynnwys Syr Richard Collins.

Ac a bod yn onest, doedd arno ddim eisiau gwybod llawer amdani.

Oherwydd roedd arno ei hofn hi, braidd.

Ei henw oedd... Mediwsa.

Pennod 2

Tom oedd y cyntaf i sylwi ar y blodau.

Roedd Derwyn ar ormod o frys. Pan gyrhaeddodd o a'i dad adref, yr unig beth ar ei feddwl oedd ceisio cyrraedd y tŷ bach cyn iddo wneud rhywbeth plentynnaidd iawn. Sgrialodd o'r fan, carlamu am ddrws y bwthyn, dawnsio o un droed i'r llall wrth wthio'r allwedd i mewn i'r clo, yna'i droi, agor y drws a ffrwydro i mewn i'r tŷ a saethu i fyny'r grisiau ac ar hyd y landin ac i mewn i'r ystafell ymolchi a chodi sedd y toiled ac...

Aaaaahhhhhh!

Roedd y drws ffrynt yn dal i fod ar agor led y pen erbyn iddo orffen golchi'i ddwylo a mynd yn ei ôl i lawr y grisiau.

'Dad?'

Aeth allan, a dyna lle roedd Tom yn sefyll wrth y giât ac yn syllu i lawr ar y ddaear.

'Be sy?' gofynnodd Derwyn.

Neidiodd Tom. Roedd ei feddwl o'n bell yn rhywle.

'Y? Be?'

'Ydach chi wedi colli rhywbath?'

'O – naddo, naddo. Methu'n glir â dallt ydw i,' meddai Tom.

'Dallt be?'

'Wyt ti wedi sylwi ar y blodau 'ma?' Pwyntiodd Tom at y pridd o gwmpas y giât.

'Be sy wedi digwydd iddyn nhw?' rhyfeddodd Derwyn.

'Dyna be dwi'n methu'n glir â'i ddallt.' Rhedodd Tom ei law drwy ei wallt oren nes ei fod yn edrych yn fwy fel nyth brân nag erioed. 'Does neb wedi sathru arnyn nhw, ma hynny i'w weld yn glir. Maen nhw i gyd yn edrych fel… wel, fel tasan nhw wedi *gwywo*, dw't ti ddim yn meddwl?'

'Mmmm… ydyn.'

Roedd ei dad yn iawn, meddyliodd Derwyn. Gorweddai'r blodau'n llipa, eu petalau wedi crebachu a'u coesau wedi troi'n frown.

Edrychodd Derwyn o gwmpas yr ardd. 'Ond ma'r bloda eraill i gyd yn iawn,' meddai.

'Yn hollol!' meddai Tom. 'Dim ond y rhain wrth y giât sy wedi marw. Ond *pam* y rhain – a dim ond y rhain?' Gwyrodd a chodi rhai o'r meirwon, a syllu arnyn nhw yn ei law fel petai o'n disgwyl iddyn nhw ddweud wrtho beth oedd yn bod. 'Ma'n rhaid i mi ddeud, dwi rioed wedi gwe… Awww!'

Tro Derwyn oedd hi i neidio'n awr: roedd ei dad

15

wedi rhoi andros o floedd uchel, a lluchio'r blodau oddi wrtho.

Am eiliad, cyn iddyn nhw daro'r ddaear, gallai Derwyn daeru nad blodau oedden nhw o gwbl. Roedd rhywbeth yn y ffordd roedden nhw'n gwingo, rhyw droi a throsi anghynnes…

Neidiodd Tom ar y blodau yn union fel tasa fo'n trio lladd rhywbeth.

'Dad?' meddai Derwyn. 'Be dach chi'n neud?'

Edrychodd Tom i fyny a golwg wyllt arno. 'Welaist ti hi?'

'Be?'

Gyda blaen ei esgid, gwahanodd Tom y blodau marw oddi wrth ei gilydd. Rhythodd ar y ddaear. 'Mi faswn i wedi gallu taeru… 'rargian fawr, Derwyn, mi deimlais i hi, rhwng fy mysadd – rhyw hen sglyfath o neidr, da damia hi…'

Sychodd Tom ei dalcen, a oedd yn chwys oer drosto. Roedd yn gas ganddo nadroedd yn fwy na dim byd arall.

'Dydi hyn ddim yn iawn. Mae'n rhy gynnar yn y flwyddyn i nadroedd,' meddai Derwyn. 'Newydd gychwyn mae'r gwanwyn. Ac ma hi'n bell o fod yn ddigon cynnes i wiberod.'

Ond doedd dim sicrwydd yn ei lais. Roedd yntau hefyd yn syllu ar y blodau ar y llawr, oherwydd byddai

Derwyn wedi gallu taeru ei fod yntau hefyd wedi gweld...

'O?' meddai Tom. 'Fedri di ddeud be wnaeth hyn i mi, 'ta?'

Gwthiodd ei law dan drwyn Derwyn. Rhythodd Derwyn arni hi'n gegagored.

Ar gefn llaw ei dad, rhwng y bawd a'r bys cyntaf, roedd dau dwll bach du, a'r croen o'u cwmpas yn prysur droi'n goch.

Pennod 3

'Welaist ti hi?' gofynnodd Fflori.

Doedd Derwyn ddim yn siŵr iawn sut i'w hateb hi. 'Do, dwi'n meddwl…' meddai'n ofalus.

'Be ti'n feddwl – ti'n *meddwl*?' meddai Fflori. 'Dw't ti ddim yn *gwbod*? Mi faswn i'n gwbod os faswn i wedi gweld neidr ne beidio.'

Roedden nhw'n eistedd yn ystafell aros y ganolfan iechyd lle roedd Sharon, mam Fflori, yn nyrs.

'Nac 'dw, dwi ddim *yn* gwbod!' meddai Derwyn. Ochneidiodd. 'Un eiliad roedd hi yno, a'r eiliad nesa…' Cododd ei ysgwyddau. '… doedd hi ddim. Roedd o fel…'

'Fel be?' meddai Fflori.

'Fel tasa'r bloda wedi troi'n neidr, ac yna'r neidr wedi troi'n ôl yn floda,' atebodd Derwyn. 'Ac yn sydyn iawn – fel'na!' meddai, gan guro'i ddwylo'n erbyn ei gilydd yn annisgwyl a gwneud i bawb arall yn yr ystafell neidio ar eu cadeiriau a gwgu arno'n flin.

Roedd llaw Tom wedi dechrau chwyddo'n ddrwg funudau ar ôl y busnes hwnnw efo'r blodau. Dechreuodd deimlo'n reit sâl, a doedd o ddim mewn unrhyw gyflwr i fedru gyrru i'r dref.

Felly ffoniodd Derwyn ei nain a daeth hi i'w nôl nhw – gan ddod â Fflori efo hi yn y car.

Enw llawn Fflori oedd Siân Fflorica Owen, ond doedd neb byth bron yn ei galw hi'n Siân – dim ond ei mam weithiau wrth ei dwrdio, gan ddweud 'Siân Fflorica!', a swnio bob tro fel tasa hi'n rhegi mewn iaith egsotig. Ystyr 'Fflorica' yn yr iaith Romani ydi 'blodyn', a chafodd Fflori ei henwi ar ôl ei hen nain.

Roedd Fflori, ei nain (Dorothi) a'i mam (Sharon) wedi byw yn yr ardal ers ychydig dros flwyddyn. Roedd Dorothi'n byw'r drws nesaf i nain Derwyn – sef Rhiannon – ar stad newydd o fynglos yn y dref. Roedd Fflori a Sharon yn byw mewn fflat mewn rhan arall o'r dref.

Daeth Dorothi a Rhiannon – y ddwy nain – yn dipyn o ffrindiau. Gan fod Fflori'n treulio llawer o amser yn nhŷ ei nain, a chan fod Derwyn yn byw ac yn bod yn nhŷ ei nain yntau, mi ddaethon nhw'n dipyn o ffrindiau hefyd – ac, wrth gwrs, roedd y ddau ym Mlwyddyn 7 yn yr ysgol efo'i gilydd. Yn wir, roedd Fflori a'i nain yn digwydd bod yn nhŷ Rhiannon yn cael panad pan ffoniodd Derwyn, mewn tipyn o banig.

Felly aeth Fflori yn y car gyda Rhiannon er mwyn

cadw cwmni i Derwyn. Ar ôl cyrraedd y ganolfan iechyd, aeth Rhiannon a Tom i weld y meddyg. Edrychodd Derwyn a Fflori wrth i ddrws y syrjyri agor, ond Sharon, mam Fflori, a ddaeth allan.

Gwenodd pan welodd hi'r olwg bryderus ar wyneb Derwyn. 'Mi fydd o'n tshampion, Derwyn,' meddai, gan roddi hyg fach sydyn iddo. 'Tipyn bach yn simsan am ryw ddeuddydd neu dri, ond dyna'r cwbwl.' Ysgydwodd ei phen. 'Dwn i ddim, wir. Mond Tom fasa'n llwyddo i gael ei frathu gan neidar yr adag yma o'r flwyddyn, yndê?'

'O… dyna be sy'n bod arno fo, felly?' meddai Derwyn.

Edrychodd Sharon arno'n rhyfedd am eiliad. 'Wel, ia. Be arall?'

'Dim byd, dim byd…' Gallai Derwyn deimlo Fflori'n syllu arno.

'Wyddwn i ddim eu bod nhw o gwmpas mor gynnar yn y gwanwyn,' meddai Sharon. 'Diolch i'r nefoedd mai dim ond un math o neidar wenwynig sy gynnon ni ym Mhrydain.'

'Gwiber,' meddai Derwyn. '*Vipera berus.*'

Roedd Derwyn yn benderfynol o gael gwaith fel David Attenborough neu Iolo Williams rhyw ddiwrnod. Credai y byddai gwybod yr enw Lladin am anifeiliaid ac adar yn help mawr iddo.

'Ydyn nhw o gwmpas yr adeg yma o'r flwyddyn?'

holodd Sharon. 'Ro'n i'n meddwl mai yn yr haf ma gwiberod i'w gweld.'

'Maen nhw'n cysgu rhwng mis Hydref a mis Mawrth,' atebodd Derwyn. 'Os ydi hi'n ddigon cynnes, mi ddown nhw allan yn y gwanwyn.'

Ond dydi hi ddim yn ddigon cynnes iddyn nhw eto, meddyliodd. Bu hi'n braf drwy'r bore, ond trodd yn hen ddiwrnod digon dwl, gydag ysbeidiau o law mân a gwynt oer yn chwythu'n greulon. Fel tasa'r gaeaf yn gwrthod gollwng ei afael.

Aeth Sharon yn ei hôl i mewn i'r syrjyri. Doedd dim neidr yno! meddai Derwyn wrtho'i hun. Ond roedd Tom, hefyd, wedi taeru i gychwyn fod neidr ganddo yn ei law.

A beth am y ddau dwll bach du rhwng ei fawd a'i fys cyntaf?

Od iawn, a dweud y lleiaf.

Ond roedd mwy nag un o bethau od wedi bod yn digwydd o gwmpas y bwthyn a'r goedwig yn ddiweddar. Fel y sŵn tic-tic-tic a glywai ar ffenestr ei ystafell wely ganol nos. Fel petai rhywbeth yno'r ochr arall i'r ffenestr yn gofyn am gael dod i mewn. Ond erbyn i Derwyn godi o'i wely a sbecian drwy'r llenni, doedd dim byd yno.

Dim ond yr awyr ddu a'r goedwig dywyll.

A'r ffaith ei fod o wedi dechrau clywed ei fam yn galw arno o'r goedwig unwaith eto. Hynny hefyd ganol nos. Roedd o wedi codi o'i wely ar yr adegau hynny, hefyd, gan ddisgwyl gweld ei fam yn sefyll wrth y giât, yn codi'i llaw arno ac yn gwenu ei gwên lydan.

Ond doedd neb yno. Dim ond yr awyr ddu.

A'r goedwig dywyll.

Ac roedd Mari, ei fam, wedi marw ers saith mlynedd, ers pan oedd Derwyn yn bedair oed.

Pennod 4

Pum mlwydd oed oedd Derwyn y tro cyntaf iddo fo glywed ei fam yn galw'i enw yn ystod y nos, tua blwyddyn ar ôl iddi hi farw.

'*Derwyn…*' clywodd. '*Deeee-rwyyyyn…*'

Digwyddodd hyn eto ac eto ac eto – bob rhyw hyn a hyn am ychydig o fisoedd, wastad yn ystod oriau mân y bore. A phob un tro, hefyd, byddai Derwyn yn codi ac yn brysio at y ffenestr.

Ond doedd neb yno, byth.

Y troeon cyntaf i hyn ddigwydd, roedd Derwyn wedi teimlo'n hapus iawn. Wel, debyg iawn. Roedd ei fam wedi dod yn ôl adref ato fo a'i dad, yn doedd hi? Roedd hi wedi gwella, wedi mendio, ac wedi dod adref yn ei hôl.

Ond doedd hi ddim yno.

Teimlai'n ddigalon, felly, ac arferai aros wrth y ffenestr yn ei byjamas yn crio efo'i wyneb yn erbyn y gwydr. Meddwl yr oedd o, os welith Mam fy mod i'n crio, yna mae hi'n siŵr o frysio yma. Dyna be roedd hi'n arfer ei wneud. Rhuthro ato a'i fwytho bob tro roedd o'n crio ar ôl baglu neu syrthio neu frifo'i hun.

Ond ddaeth hi ddim.

Cyn bo hir, felly, dechreuodd deimlo'n flin tuag ati, am ei siomi fel hyn un noson ar ôl y llall. Be oedd y pwynt, meddyliodd, o alw'i enw ganol nos, o'i ddeffro a'i lusgo allan o'i wely cynnes – ac yna ymguddio oddi wrtho?

Hapus, digalon a blin. Yn rhyfedd iawn, doedd o ddim wedi teimlo'n *ofnus* o gwbl.

Wedyn y daeth hynny.

Flynyddoedd wedyn.

Roedd rhywbeth wedi dweud wrtho am beidio â sôn am ei fam wrth Tom, ei dad. Ond roedd yn rhaid iddo gael dweud wrth rywun, felly penderfynodd ddweud wrth ei nain, Rhiannon.

Roedd Rhiannon wedi colli'i lliw, wedi rhuthro ato a'i wasgu'n dynn, dynn.

'O, 'ngwas bach i!' meddai.

Yna roedd hi wedi cydio ynddo gerfydd ei ysgwyddau ac edrych i fyw ei lygaid.

'Dw't ti ddim wedi sôn am hyn wrth dy dad, gobeithio?' meddai.

Ysgydwodd Derwyn ei ben.

'Basa'n well i ti beidio,' meddai ei nain. 'Dw't ti ddim isio ypsetio dy dad, nag oes?'

Ysgydwodd Derwyn ei ben eto, ac felly ddywedodd

o'r un gair wrth ei dad. Ond ar yr un pryd, ddywedodd o'r un gair wrth ei nain am ei dad, am fel yr oedd o'n aml yn siarad yn uchel yn ei gwsg – yn gweiddi, hyd yn oed – ac weithiau, hefyd, yn crio.

A fwy nag unwaith hefyd yn sefyll yn yr ardd, yn edrych i bob cyfeiriad fel petai o'n chwilio am rywbeth.

Neu am rywun.

Un noson, wrth i Derwyn sbecian i lawr arno drwy ffenestr ei lofft, roedd Tom wedi troi'n sydyn a chraffu i fyny at ystafell Derwyn. Symudodd Derwyn yn ôl o'r golwg gan gropian i'w wely.

Ar ôl ychydig clywodd sŵn traed ei dad yn dod i fyny'r grisiau, yna sŵn drws ei lofft yn agor.

'Derwyn?' sibrydodd Tom.

Cymerodd Derwyn arno ei fod o'n cysgu'n sownd. Aeth munud cyfan heibio (ond munud a deimlai fel awr i Derwyn), yna clywodd sŵn ei dad yn mynd o'r ystafell, yn cau'r drws ac yn mynd ar hyd y landin i'w ystafell ei hun.

Yn fuan wedyn, peidiodd ei fam â galw arno ganol nos. Ond yn ddiweddar, roedd hi wedi dod yn ei hôl.

'*Derwyn… Deeee-rwyyyyn…*'

Yn union fel roedd hi wedi'i wneud chwe mlynedd yn ôl.

Yn union fel roedd hi'n arfer ei wneud pan oedd hi'n fyw.

Ar ôl y ddau dro cyntaf, yn hytrach na chodi a mynd at y ffenestr, claddai Derwyn ei ben o dan ei obennydd.

A chysgu'r un winc wedyn am weddill y noson.

Pennod 5

'Lle oedd hi?' gofynnodd Rhiannon, gan edrych yn nerfus dros y glaswellt fel petai hi'n disgwyl gweld clamp o anaconda'n codi ohono.

Pwyntiodd Derwyn at y blodau marw a orweddai nid nepell o'r giât. 'Rhywla yn fan'na, dwi'n meddwl.'

Gan gadw un llygad ar y blodau, brysiodd Rhiannon ar ôl Tom i mewn i'r bwthyn. Gwyrodd Derwyn dros y blodau. Yna pwniodd hwy'n ofalus â blaen ei esgid.

Dim byd ond blodau, wedi gwywo a marw.

Rhwbiodd ei freichiau'n ffyrnig. Teimlai'n oer mwyaf sydyn, fel petai gwynt main wedi codi o rywle, ac fe'i daliodd ei hun yn troi ac edrych i gyfeiriad y goedwig.

Yna trodd am y tŷ, gyda'r teimlad annifyr fod rhywun yn ei wylio. Hyd yn oed wedi iddo fo gau'r drws yn dynn ar ei ôl.

'Mae yna rai llefydd,' meddai Dorothi, nain Fflori,

'na ddylai rhywun fynd ar eu cyfyl nhw ar unrhyw gyfrif.'

Ochneidiodd Sharon. 'Mam, plis. Peidiwch â dechra.'

Newydd orffen ei shifft yn y ganolfan iechyd roedd hi, ac wedi galw yma yn nhŷ Dorothi i fynd â Fflori adref. Ond roedd Dorothi'n benderfynol o gael dweud ei dweud.

'Yr hen goedwig yna. Dwi rioed wedi gallu dallt sut ma Tom a'r hogyn bach yna'n gallu byw yn ei chysgod hi fel yna.'

Ddywedodd Sharon ddim byd, ond roedd ei gwefusau'n dynn, dynn.

'Nain, mond un neidr oedd hi,' meddai Fflori, yn y gobaith y byddai Dorothi'n tewi cyn i Sharon ffrwydro. 'Rydach chi'n siarad fel tasa'r goedwig yn llawn nadroedd – fel yn Affrica ne'r Amazon.'

Ysgydwodd Dorothi'i phen yn ddiamynedd. 'Nid sôn am nadroedd ydw i, Fflorica, ond am yr hen goedwig. Mae yna rywbath amdani. Roedd Mam wastad yn deud…'

'Iawn, Mam – dyna ddigon rŵan,' meddai Sharon ar ei thraws. 'Cer i nôl dy gôt, Fflori. Ma heddiw wedi bod yn ddwrnod hir i rai ohonan ni.'

Roedd min yn ei llais. O-o, meddyliodd Fflori, ma hi'n ei feddwl o. Gobeithio fod Nain yn ddigon call i beidio â dweud rhagor.

Am y tro, beth bynnag, meddyliodd wrth estyn ei chôt. Mi ga i wbod mwy ganddi fory, pan fydd Mam yn gweithio.

Arhosodd Rhiannon i baratoi swper i Tom a Derwyn, er bod Tom wedi mynnu ei fod o'n hen ddigon da i wneud hynny ei hun, diolch yn fawr.

'Jest bydd ddistaw, Tomos, wnei di?' meddai Rhiannon yn ddigon swta.

Edrychodd Tom a Derwyn ar ei gilydd. Fel hyn roedd hi wedi bod ers iddyn nhw adael y ganolfan iechyd. Bron y basech chi'n meddwl fod Tom druan wedi gwneud ati i gael ei frathu yn ei law er mwyn bod yn niwsans iddi hi.

Rhyw hen awyrgylch digon annifyr oedd yn y bwthyn dros swper, felly. Gwelodd Derwyn ei nain yn edrych ar Tom droeon fel petai hi ar fin dweud rhywbeth, ond yn penderfynu peidio bob tro.

Sylwodd hefyd fel roedd Tom yn gwrthod edrych yn llawn ar Rhiannon, rhag ofn y byddai hynny'n rhoi hwb iddi ddweud beth bynnag oedd ar ei meddwl.

A beth oedd hynny?

Y bwthyn.

Roedd Rhiannon wedi bod yn hefru ar Tom ers tro i symud o'r bwthyn ac i fyw mewn 'tŷ call' (ei geiriau hi) yn y dref. Ond doedd Tom ddim eisiau symud: roedd o'n ddigon hapus yma, meddai.

Doedd Rhiannon erioed wedi hoffi'r bwthyn – ac yn sicr, doedd hi ddim yn hoffi'r goedwig o gwbl. Doedd hi byth yn colli'r cyfle i droi'i thrwyn ar y ddau – yn enwedig y bwthyn a oedd, yn ei barn hi, yn fawr mwy na hofel.

Roedd yr wybodaeth fod Tom wedi cael ei frathu gan neidr, felly, yn esgus gwych iddi ailgychwyn swnian arno i symud i'r dref, ac roedd yn wyrth nad oedd hi wedi dweud rhywbeth yn barod.

O'r diwedd, meddai hi: 'Tom…'

Ond daliodd Tom ei law dde i fyny, a'i hatal. 'Ddim heno, Mam, iawn? Plis?'

'Ond Tom bach…'

'*Na*, Mam.'

'Iawn!' Cododd Rhiannon oddi wrth y bwrdd. 'Y tro nesa i ti gael dy frathu gan ryw anghenfil neu'i gilydd, paid â disgwl i *mi* drop twls er mwyn mynd â chdi i weld y doctor!'

Ochneidiodd Tom. 'O, dowch, peidiwch â bod fel'na…'

'Na, na.' Tynnodd Rhiannon ei chôt amdani. 'Does wiw i mi agor fy ngheg. Mi gawn ni siarad eto, pan fydd gwell hwylia arnat ti. Nos da, 'ngwas i,' meddai wrth Derwyn, gan wyro a phlannu sws glec ar ei dalcen.

Drwy ffenestr yr ystafell fyw, gwyliodd Derwyn hi'n

brysio i'w char. Roedd hi'n amlwg yn credu fod yna rywbeth... od... am y goedwig. Doedd hi erioed wedi trio cuddio hynny – doedd Rhiannon ddim yn un am guddio'i theimladau.

'Mae'n gas gen i'r hen goedwig yna,' dywedai hyd syrffed, gan blethu ei breichiau'n dynn amdani.

Fel petai meddwl am y goedwig yn codi ias oer drosti i gyd.

Ers blynyddoedd bellach, roedd Derwyn wedi bod yn gwylio'i nain wrth iddi barcio'i char y tu allan i'r bwthyn. Cyn dod i mewn, roedd hi wastad yn troi ac yn edrych yn nerfus ar y goedwig – yn union, meddyliodd Derwyn, fel mae rhywun sydd ddim yn gallu nofio yn edrych ar y môr.

Gwnâi Rhiannon yr un peth wrth gychwyn am adref, ond ag edrychiad ofnus y tro hwnnw, oherwydd byddai'r goedwig, gan amlaf, wedi tywyllu erbyn hynny. Yna byddai'n gyrru i ffwrdd fel cath i gythrel, fel petai hi wedi gweld rhywbeth yn llamu ar ei hôl hi o ddüwch y goedwig.

Rhywbeth tywyll – a milain iawn.

Rhywbeth... crîpi.

Pennod 6

Nos.

Oriau o dywyllwch – os nad ydi hi'n noson ola leuad, wrth gwrs. Ond doedd dim lleuad heno, felly roedd y goedwig yn ddu fel bol buwch.

Oriau o dawelwch, hefyd, i fod. Ond mae unrhyw un sy'n byw yn y wlad yn gwybod nad ydi'r nos byth – *byth* – yn hollol dawel.

Dydi'r nos yn y wlad byth yn llonydd, chwaith. Heno, roedd y rhan arbennig yma o'r wlad – sef y goedwig – yn fwy aflonydd nag arfer. Roedd heno'n noson go brysur.

Yn enwedig i fyny ym mrigau'r coed.

Oherwydd roedd y tylluanod wedi dechrau cyrraedd.

'Mam Nain oedd nain Mam,' meddai Fflori wrthi'i hun. 'Mam Nain oedd nain Mam.'

Neu: 'Nain Mam oedd mam Nain.'

'Mam Nain oedd nain Mam – a nain Mam oedd mam Nain,' meddai Fflori wrth nenfwd ei hystafell wely.

Roedd hi wrth ei bodd gyda phethau fel hyn – posau a chylymau tafod, a doedd hi ond wedi meddwl am hwn heno, wrth lanhau'i dannedd cyn mynd i'w gwely.

'Mam Nain oedd nain Mam – a nain Mam oedd mam Nain,' meddai eto.

Roedd hi wedi meddwl cryn dipyn am fam ei nain (neu nain ei mam) heno. Fflorica – y Romani. Sipsi go iawn, yn teithio Ewrop a Phrydain mewn carafán. Pan fu farw, cafodd gynhebrwng sipsi traddodiadol: ei llosgi yn ei charafán, ynghyd â'i holl eiddo – rhywbeth nad yw'n digwydd yn aml y dyddiau hyn.

Roedd Fflorica'n ddynes arbennig iawn, yn ôl Dorothi. Doedd hi ddim yn hoff iawn o gael tynnu'i llun, ond roedd llond dwrn o luniau ohoni gan Dorothi mewn albwm. Yn y rhan fwyaf ohonyn nhw, roedd Fflorica un ai'n cuddio'i hwyneb gyda'i llaw neu wedi llwyddo i droi'n sydyn wrth i'r llun gael ei dynnu.

Ond roedd un ohonyn nhw'n ei dangos yn glir, dynes dal a llond pen o wallt cyrliog, du, yn sefyll mewn afon a'i sgert laes wedi'i chodi dros ei phengliniau.

'W't ti'n ei gweld hi'n debyg i rywun?' oedd cwestiwn Dorothi ar y pryd.

Roedd Fflori wedi syllu ar y llun, cyn nodio.

'Ydw,' meddai. 'Fi. Mae hi'n debyg i mi.'

Roedd hi'n dweud y gwir. Roedd Fflori hefyd yn dal – y ferch dalaf yn ei dosbarth – gyda gwallt du wedi'i dorri'n gwta a chroen a edrychai bob amser, hyd yn oed yng nghanol y gaeaf, fel petai hi wedi bod yn gorwedd yn yr haul ar ynys bell, boeth.

'Dydi hyn ddim yn deg,' cwynai Sharon yn aml. 'Y mymryn lleia o haul, a dwi'n troi'n goch fel cimwch ac yn llosgi'n boenus.' Roedd Sharon yn tynnu ar ôl ochr ei thad o'r teulu – pobol olau a phenfelyn – tra oedd Fflori'n amlwg yn tynnu ar ôl y Romanis.

'Pan fyddi di wedi tyfu'n ddynes, ac os wnei di adael i'th wallt dyfu'n hir, mi fyddi di'n edrach yr un ffunud â'th hen nain,' oedd geiriau Dorothi.

Ac roedd Fflorica, yn ôl Dorothi, yn ddynes arbennig iawn oherwydd bod ganddi hi'r 'gallu'.

'Y gallu i be, Nain?' holodd Fflori.

Roedd Dorothi wedi edrych braidd yn annifyr, fel petai hi wedi dweud rhywbeth na ddylai hi fod wedi'i ddweud. Ond doedd Fflori ddim yn un i fodloni ar hanner stori.

Deallodd ar ôl swnian ar ei nain mai gallu rhyfedd oedd gan Fflorica – y gallu i weld pethau doedd neb arall yn eu gweld. Y gallu i wybod cyfrinachau am bobol, dim ond wrth ysgwyd llaw efo nhw – weithiau, hyd yn oed, dim ond trwy edrych arnyn nhw.

A'r gallu hefyd i gael cipolwg ar y dyfodol.

'O! Oedd hi'n gallu deud be oedd rhifa'r loteri?' gofynnodd Fflori.

'Doedd y loteri ddim yn bod yn y dyddia hynny, siŵr,' atebodd Dorothi. 'A doedd o ddim yn gweithio

Brothers and sisters have I none –
But this man's father is my father's son.
Who am I?

Roedd Fflori'n credu ei bod wedi cael hyd i'r ateb, ar ôl meddwl a meddwl amdano ers dyddiau.

Gwenodd wrth i'w llygaid a'i meddwl gau am y noson.

Yn sicr, doedd ganddi'r un syniad ei bod am weld rhai o'r 'pethau' y soniodd ei nain amdanyn nhw – a hynny'n fuan.

Pennod 7

Doedd Tom druan ddim yn cael noson rhy dda.

Roedd yn hwyr ganddo weld Derwyn yn mynd i fyny i'w wely, yn un peth. Nid fod Derwyn yn mynd ar ei nerfau na dim byd felly. Ond roedd llaw Tom yn brifo llawer iawn mwy nag yr oedd o'n fodlon cyfaddef. Doedd y tabledi a gafodd gan y meddyg ddim wedi dechrau gweithio'n iawn eto – heblaw am ei wneud yn gysglyd, ac roedd hynny yn ei dro yn ei wneud yn biwis.

Ceisiodd wylio rhywfaint ar y teledu. Y peth cyntaf a welodd ar y sgrin oedd clamp o neidr – roedd Derwyn wedi bod yn gwylio rhyw raglen natur yn gynharach ac wedi diffodd y teledu cyn troi'r sianel.

Dyma'r peth olaf dwi isio'i weld heno, meddyliodd Tom. Ond roedd y sianel nesaf iddo edrych arni'n dangos y ffilm *Anaconda*.

'Aaaarrrrgh!' chwyrnodd, a gwasgu'r botwm yn ffyrnig.

Setlodd i wylio ffilm arall… a dechrau ei mwynhau, nes iddo sylweddoli mai teitl y ffilm oedd *Snakes on a Plane*.

'Wel, yr argol fawr!' ebychodd Tom.

Collodd ei amynedd. Waeth iddo fynd i'w wely ddim, penderfynodd.

Cododd o'i gadair.

Yna neidiodd, a rhewi.

Roedd neidr fawr yn gorwedd ar y llawr wrth waelod y drws.

Roedd Derwyn ar fin cysgu pan glywodd y gweiddi a'r curo'n dod o'r ystafell fyw oddi tano.

Neidiodd o'i wely cyn iddo sylweddoli'n iawn ei fod o'n gwneud hynny. Be goblyn oedd yn digwydd?

Ei dad, sylweddolodd. Roedd ei dad yn gweiddi, ac yn waldio rhywbeth caled yn erbyn drws yr ystafell fyw.

Brysiodd Derwyn i lawr y grisiau, a'i galon yn curo fel petai drymiwr gwallgof yn byw y tu mewn i'w fron.

'Dad?' gwaeddodd. 'Dad!'

Wrth iddo gyrraedd troed y grisiau, gallai weld drws yr ystafell fyw yn crynu, yn ysgwyd, yn jerian wrth i Tom ei waldio o'r ochr arall. Deuai'r sŵn curo o waelod y drws, a hefyd llais ei dad yn ebychu, 'Y sglyfath peth! Da damia chdi! Marwa! Marwa, 'nei di'r SGLYFATH HYLL!'

'Dad!'

Rhoddodd ei law ar handlen y drws, ond cipiodd

hi'n ei hôl wrth i'r drws grynu o'i waelod i'w dop pan roes Tom waldan arall iddo o'r ochr arall.

'Dad, be sy?' Curodd Derwyn y drws. 'Dad!'

Daeth eiliad neu ddau o dawelwch o'r ochr arall i'r pren.

Yna meddai Tom, 'Derwyn?'

'Ia! Be sy?'

Ychydig o dawelwch eto, yna: 'Reit, ty'd i mewn, dwi'n meddwl 'i bod hi wedi marw…'

Trodd Derwyn yr handlen a gwthio'r drws ar agor. Safai Tom yr ochr arall i'r drws, efo'i wyneb yn goch fel tomato ac yn sgleinio o chwys.

Yn ei law, roedd cadair. Neu, yn hytrach, gweddillion cadair; roedd o'n cydio ynddi gerfydd gwaelodion ei choesau, ac roedd darnau o bren dros y llawr i gyd. Anadlai'n drwm a rhythai ar rywbeth a orweddai ar y llawr.

'Be… be dach chi'n neud?' meddai Derwyn.

Edrychodd Tom arno a golwg wyllt yn ei lygaid. 'Be ti'n feddwl – be ydw i'n neud? Fedri di ddim gweld?'

Nodiodd i gyfeiriad y llawr. Yno, yn gorwedd yng nghanol y darnau o bren roedd y sosej hir, dew a oedd yn cael ei defnyddio i atal drafft rhag dod i mewn o dan y drws.

Pennod 8

Tua'r un adeg, mewn tŷ moethus ar gyrion y ddinas (a na, dwi ddim am ddweud pa ddinas), roedd Mediwsa'n paratoi ar gyfer mynd i'w gwely hithau.

Nid Mediwsa oedd ei henw iawn hi, wrth gwrs. Wedi benthyca'r enw roedd hi, oddi wrth un o'r Gorgons.

Tair chwaer oedd y Gorgons ym mytholeg gwlad Groeg. Tair hyll ar y naw. Eu henwau oedd Stheno, Euryale… a Mediwsa. Wir, fasech chi ddim eisiau dod wyneb yn wyneb â'r rhain. Roedd y gallu ganddyn nhw i droi pobol yn gerrig, dim ond drwy edrych arnyn nhw.

Ac roedd ganddyn nhw nadroedd yn tyfu allan o'u pennau yn lle gwallt. Ia, tair hogan i'w hosgoi ar bob cyfrif oedd Stheno, Euryale a Mediwsa.

Roedd Mediwsa ein stori ni yn teimlo braidd yn aflonydd – ac roedd hi'n methu'n glir â deall pam. Doedd hi ddim yn gallu peidio â meddwl am y bwthyn bach hyll hwnnw wrth geg y goedwig. Dylai'r bobol a oedd yn byw ynddo fod yn teimlo'n reit annifyr erbyn hyn, meddyliodd.

Yn annifyr – ac yn barod iawn i dderbyn cynnig

Jasper Jenkins yr wythnos nesaf. Gyda lwc, ni fyddai'n rhaid iddi hi fynd ar gyfyl y lle eto...

Gwgodd arni'i hun yn y drych. Beth oedd yn bod arni? Doedd hi erioed wedi teimlo fel hyn o'r blaen. Dim ond bwthyn ydi o, meddai wrthi'i hun.

A dim ond coedwig arall oedd y goedwig. Roedd hi – a Jasper Jenkins – wedi helpu Syr Richard Collins i gael gwared ar ddegau o goedwigoedd dros y blynyddoedd.

A'r bobol a oedd yn byw ynddyn nhw.

Ond roedd rhywbeth ynglŷn â'r goedwig arbennig hon. Rhywbeth a wnâi i Mediwsa deimlo'n reit... anghyfforddus.

Ymysgydwodd.

Doedd hyn ddim fel y hi o gwbl. Syllodd arni'i hun yn y drych am rai eiliadau, ar ei hwyneb tenau, gwyn.

Yna, heb rybudd, agorodd ei cheg yn llydan a hisian yn uchel, gan ddangos ei dau ddant blaen, yn hir ac yn finiog, a'r tafod hir, tenau â fforch yn ei flaen yn gwibio i mewn ac allan o'i cheg.

Y hi oedd Mediwsa, meddai wrthi'i hun, brenhines y nadroedd.

Roedd un peth ar ôl i'w wneud cyn noswylio. Dringodd Mediwsa i fyny'r grisiau i'r llawr uchaf un. Yma'r oedden nhw'n aros amdani, ei phlantos bach. Gallai deimlo'r gwres gwlyb wrth iddi nesáu at y drws ar ben y grisiau, a gwenodd, gan adael i'r tafod anghynnes hwnnw ddawnsio allan dros ei gwefusau tenau.

Agorodd y drws a gwasgu swits y golau. Golau isel, porffor – golau arbennig ar gyfer ystafell arbennig fel hon. Atig fawr oedd hi, a redai o un pen o'r tŷ i'r llall. Roedd hi'n hynod o boeth yno – yn annioddefol o boeth i bobol gyffredin – ac roedd yr ystafell yn llawn casys gwydr, yn gorffwys ar fyrddau solet.

Ac yn y casys roedd ei phlant.

Nadroedd o bedwar ban y byd. Roedd rhai ohonyn nhw'n lladd drwy wasgu, eraill drwy frathu â'u dannedd gwenwynig.

Ond roedden nhw i gyd yn gallu lladd, ac yn beryg bywyd.

A heno, roedden nhw i gyd yn aflonydd.

Yn aflonydd iawn, meddai Mediwsa wrthi'i hun. Yn anarferol o aflonydd. Fel petaen nhw'n nerfus, am ryw reswm.

Yn union fel dwi wedi bod yn teimlo ers i mi ymweld â'r hen goedwig honno, meddyliodd.

'Be sy'n bod, blantossssss?' meddai.

Cerddodd ar hyd yr atig, gan deimlo'n reit falch – am y tro cyntaf erioed – fod y casys gwydr yn rhai cryf iawn, a bod y gwydr yn hynod o drwchus. Arhosodd wrth un cas a oedd yn gartref i un o'i ffefrynnau – y famba ddu. Un hir, lwyd oedd hon (maen nhw'n cael eu galw'n 'ddu' oherwydd y lliw y tu mewn i'w cegau, nid oherwydd lliw eu cyrff), bron i ddeg troedfedd mewn hyd. Cododd ei phen wrth i Mediwsa aros ger y cas, ei llygaid bach duon wedi'u hoelio arni. Yna...

THYC!!

Heb rybudd o gwbl, roedd y famba wedi saethu ymlaen gan daro'i phen bach caled yn erbyn y gwydr. Agorodd ei cheg yn llydan gan ddangos y düwch y tu mewn iddi a'r ddau ddant peryglus, yn llawn gwenwyn.

THYC!! THYC!!

Daeth y rhain o'r tu ôl iddi, a throdd Mediwsa. Cobra oedd un, a gwiber Gaboon oedd y llall: heb gael triniaeth arbennig yn syth bìn, buasai un brathiad gan unrhyw un o'r tair neidr yma'n ddigon i'ch lladd chi, a hynny mewn ffordd boenus ddifrifol.

Beth oedd yn bod arnyn nhw i gyd heno? Roedd hyd yn oed y peithons, yr anaconda, y boa a pheithon y graig, a oedd yn byw yn y casys mwyaf ym mhen arall yr atig, yn aflonydd, wedi codi'u pennau i hisian yn fygythiol.

Trodd Mediwsa a brysio'n ôl am y drws. Am y tro cyntaf erioed, roedd arni hi ofn bod yma efo'i phlantos. Diffoddodd y golau a chau'r drws yn dynn ar ei hôl.

Hyd yn oed ar ôl iddi gyrraedd gwaelod y grisiau, roedd hi'n dal i fedru clywed yr hisian a'r synau Thyc! Thyc! Thyc!

Pennod 9

'W't ti'n mynd i weld dy fêts heddiw?' gofynnodd Tom pan gododd Derwyn fore trannoeth.

Bob bore Sadwrn, arferai Derwyn gyfarfod â'i ffrindiau yn y dref. 'Ro'n i'n meddwl mynd,' meddai.

Daliodd Tom ei law i fyny. 'Mi fydd yn rhaid i ti ddal y bws felly, ma arna i ofn.'

'Ydi hi'n dal i frifo, Dad?'

'Nid cymaint ag yr oedd hi neithiwr. Ma'r tabledi ges i wedi dechra cael effaith, o'r diwadd. Ac mi gysgais i fel twrch,' meddai Tom, gan benderfynu peidio â dweud wrth Derwyn am yr holl freuddwydion cas a gafodd o, un ar ôl y llall.

Am nadroedd.

Yn llithro ar hyd llawr ei ystafell wely ac yn dringo i fyny ar y gwely; eraill yn hongian o'r nenfwd a syrthio arno wrth iddo orwedd oddi tanyn nhw.

'Ond basa'n well i mi beidio â mentro trio gyrru,' meddai. 'Rhag ofn.'

'Na, ma'n ocê, mi ddalia i'r bws, dim problam,' meddai Derwyn. Craffodd ar law ei dad. Oedd, roedd y chwydd wedi dechrau mynd i lawr, gwelodd. Er hynny, roedd Tom yn edrych fel na phetai o wedi cysgu'r un winc.

'Ac ynglŷn â neithiwr...' Gwthiodd Tom ei law drwy'i wallt. 'Yr unig beth fedra i feddwl ydi fy mod i wedi dechra pendwmpian yn y gadair. Roedd 'na ffilm ymlaen ar y bocs, am ryw anaconda, ac oherwydd y tabledi... wel, ma'n rhaid fy mod i wedi breuddwydio ac yn dal yn hannar cysgu pan godais o'r gadair.' Chwarddodd, ond doedd dim llawer iawn o hiwmor yn y sŵn, sylwodd Derwyn. 'Ma'n siŵr dy fod di'n meddwl 'mod i wedi drysu'n lân!'

'Wel...' meddai Derwyn. 'Dwi wedi meddwl hynny ers blynyddoedd.'

'Hoi! Bihafia!' Cododd Tom oddi wrth y bwrdd a rhoddi dwy sleisen arall o fara yn y tostiwr. 'Ro'n i'n meddwl ca'l golwg ar injan y fan acw heddiw.'

'Be?!'

'Mi glywaist ti'r twrw roedd hi'n ei neud ddoe, yn do.'

Roedd hyn yn wir. Amhosib fyddai i neb *beidio* â chlywed sŵn y fan – roedd hi wedi pesychu a grwgnach fel hen, hen berson yn ceisio rhedeg marathon.

Peintiwr a phapurwr oedd Tom wrth ei waith, ac roedd o'n beintiwr a phapurwr penigamp. Tasech chi'n rhoi brws paent neu frws pâst papuro yn ei law, fe wnâi joban ardderchog. Ond gwell peidio â gadael iddo fynd ar gyfyl morthwyl neu ddril neu sgriwdreifar, oherwydd roedd o'n anobeithiol am drwsio pethau.

Ofnai Derwyn, felly, y byddai'r fan mewn gwaeth cyflwr ar ôl i'w dad fynd i'r afael â hi. Ond roedd Tom braidd yn sensitif ynglŷn â'i anallu i drwsio pethau, felly caeodd Derwyn ei geg.

Aeth i fyny i ymolchi a gwisgo amdano ar ôl bwyta'i frecwast, a phan ddaeth o'n ei ôl, roedd Tom dan fonet y fan yn rhegi a galw'r injan yn bob enw dan haul.

'Dwi'n mynd, Dad.'

Neidiodd Tom a tharo'i ben yn erbyn y tu mewn i'r bonet.

'W't ti'n trio fy lladd i, ne rywbath?' Rhwbiodd ei ben. Roedd y cadach am ei law wedi'i faeddu'n barod. 'Reit, mwynha dy hun.' Edrychodd i fyny ar yr awyr. 'Glaw cyn bo hir, 'swn i'n deud.'

Gwelodd Derwyn fod cymylau mawr, bygythiol wedi dechrau ymgasglu yn yr awyr, fel criw o iobs ar gornel stryd.

Trodd Tom ac edrych ar do'r bwthyn.

'Mi fasa'n syniad i ni hel y sosbenni at ei gilydd, yn barod ar ei gyfar o.'

'A'r powlenni,' meddai Derwyn.

'A'r pwcedi,' ategodd Tom.

Ochneidiodd a chnoi'i wefus isaf. Roedd y to'n gollwng fel gogor pan fyddai hi'n bwrw'n drwm. Bu Tom i fyny ar ben y to droeon, yn ceisio'i drwsio, ond… wel, rydan ni'n gwybod sut un oedd Tom am drwsio pethau. Crwydrodd ei lygaid dros wyneb a tho'r bwthyn.

'Ma isio gras…' meddai'n dawel.

Roedd yr arhosfan bysiau'n union gyferbyn â'r bwthyn. Edrychai'r bwthyn yn rhyfedd o fach heddiw, meddyliodd Derwyn, gyda'r awyr yn prysur droi'n ddu uwch ei ben. Edrychai'r coed o'i gwmpas yn dywyllach, hefyd, fel petai gwyrddni'r dail ifainc wedi troi'n wyrdd tywyll dros nos.

Yna cyrhaeddodd fan goch y post, ei lliw'n edrych yn fwy llachar wrth ymyl gwyrddni'r coed a'r llwyni. Gwyliodd Derwyn ei dad yn ymsythu a throi wrth i'r postmon ei gyfarch a rhoi'r post yn ei law. Gyrrodd y postmon i ffwrdd a chyrhaeddodd y bws.

Talodd Derwyn y gyrrwr a dewis sedd wrth y ffenestr. Roedd Tom yn sefyll yn hollol stond ac yn syllu ar y post yn ei law – amlen frown arall. Wrth i Derwyn wylio, gwthiodd Tom yr amlen i mewn i boced ei siaced gombat, heb ei hagor, ac wrth i'r bws gychwyn i ffwrdd, trodd Tom am y bwthyn gan fynd i mewn a chau'r drws ar ei ôl.

Doedd o ddim wedi edrych i gyfeiriad Derwyn un waith.

Roedd Derwyn ar fin troi i ffwrdd pan welodd o rywbeth yn symud. Trodd yn ôl mewn pryd i weld tylluan yn hedfan o'r coed ac yn setlo ar do'r bwthyn, wrth ymyl y corn simdde cam.

Daeth tro yn y ffordd fawr a diflannodd y bwthyn o olwg Derwyn.

Pennod 10

Os oedd yr awyr uwchben y goedwig yn ddu, yna roedd hi'n dduach fyth uwchben y ddinas, ac yn llawn trydan. Roedd hi fel balŵn fawr ddu wedi'i llenwi â dŵr, yn chwyddo'n fwy ac yn fwy bob munud.

Ni fyddai'n hir cyn y byddai'n ffrwydro ac yn rhwygo, meddyliodd Syr Richard Collins. Sefyll roedd o ar y balconi y tu allan i'w brif swyddfa. Roedd ei swyddfa ar lawr uchaf yr adeilad talaf yn y ddinas a gorweddai'r strydoedd oddi tano fel mwclesi.

Trodd a chamu i mewn i'w swyddfa, gan adael drysau'r balconi'n agored led y pen – penderfyniad doeth o gofio pwy fyddai yn ei swyddfa cyn bo hir.

Gwasgodd Richard Collins un o fotymau'r ffôn ar ei ddesg.

'Syr Richard?' meddai llais ei brif ysgrifenyddes.

'Dywed wrth Jasper Jenkins fy mod i'n barod amdano, Brenda,' gorchmynnodd Collins.

Doedd neb gwell na Jasper Jenkins drwy'r wlad am drin cyfrifiaduron. Petai o wedi llwyddo i ddod o hyd i rywun gwell, yna buasai Richard Collins wedi cael gwared ar Jasper ers blynyddoedd.

Oherwydd roedd sawl problem gan Jasper Jenkins.

Yn gyntaf, roedd o'n casáu llefydd uchel. Roedden nhw'n gwneud iddo chwysu'n ofnadwy.

'Dwi'n dioddef o fer-ti-gô,' meddai wrth bawb a ofynnai iddo pam ei fod o'n casáu bod mewn llefydd uchel. 'Mae bod mewn lle uchel yn gwneud i mi deimlo'n swp sâl,' ychwanegai.

Yn ail, roedd o'n casáu bod mewn llefydd bychan a chul. Yn enwedig lifftiau. 'Dwi'n dioddef o glaws-tro-ffô-bia,' meddai wrth bawb a ofynnai iddo fo pam ei fod o'n casáu lifftiau cymaint. 'Mae'n gas gen i fod mewn llefydd bach, cul,' ychwanegai bob tro.

Doedd hyn ddim yn syndod, oherwydd dyn tew oedd Jasper Jenkins. Dyn tew iawn. Doedd o ddim yn hapus os nad oedd o'n bwyta. Creision, siocledi, teisennau, brechdanau, melysion – roedd yn rhaid i'r glanhawyr wagio bin sbwriel Jasper hanner dwsin o weithiau bob dydd.

A daw hyn â ni at ei broblem fwyaf. Ar yr holl fwyd roedd y bai am hyn: bob tro y byddai Jasper Jenkins yn teimlo'n nerfus, roedd o'n gollwng gwynt. O bob math.

Rhai uchel fel sŵn clwt sych yn cael ei rwygo, rhai tawel fel sŵn rhywun yn sibrwd y llythyren 'p'. Rhai'n clecian fel beic modur, eraill yn rhygnu fel tractor Massey

Ferguson. Ac roedden nhw i gyd, bob un, yn ogleuo'n ofnadwy, fel petai rhywbeth a oedd wedi marw ers dyddiau lawer yn pydru yn yr ystafell.

Coblyn o gamgymeriad, felly, fyddai i chi deithio mewn lifft gyda Jasper Jenkins.

Erbyn iddo gyrraedd swyddfa Richard Collins, roedd Jasper yn domen o chwys, ac roedd ei wyneb yn goch fel tomato mawr gwlyb. Gallai ysgrifenyddesau Richard Collins ei glywed yn dod ar hyd y coridor. Ping! Drysau'r lifft i gychwyn, yna sŵn clytiau'n cael eu rhwygo, a chyfres o 'p's wrth iddo ymddangos yn y drws. Erbyn hynny roedden nhw wedi cael digon o gyfle i roi hancesi poced yn ogleuo o Chanel No. 5 dros eu trwynau.

'Mae o'n aros amdanoch chi,' meddai Brenda drwy ei hances gan bwyntio at ddrws swyddfa Richard Collins.

'P-p-p-p...' atebodd Jasper – ond nid trwy'i geg.

Efallai fod Jasper fel eliffant, meddyliodd Richard Collins, ond rhowch o i eistedd wrth gyfrifiadur ac mae o fel llwynog slei.

Na, fe'i cywirodd ei hun – mae o fel ysbryd slei, yn gallu mynd a dod drwy gyfrifiaduron mwyaf diogel a phreifat y wlad heb i neb fod yr un mymryn callach.

Roedd ganddo newyddion gwych heno am y bobol

a oedd yn byw yn y bwthyn bach hyll hwnnw wrth geg y goedwig.

'Maen nhw'n dlawd fel llygod eglwys,' cyhoeddodd Jasper. Roedd o eisoes wedi hacio i mewn i gyfrifiaduron y cwmni trydan, y cwmni nwy a'r cwmni dŵr, yn ogystal ag un y Dreth Incwm, heb sôn am gyfrifiaduron preifat nifer o siopau'r dref, gan gynnwys y garej.

Ac roedd ar Tomos Williams arian i bob un wan jac ohonyn nhw.

'Beth am y rhent ar y bwthyn ofnadwy hwnnw?' holodd Syr Richard. 'Neu'r morgais?'

'Ah... ia...'

Llithrodd gwên Jasper a daeth synau p-p-p-p o gyfeiriad ei gadair. Symudodd Richard Collins ychydig yn nes at ddrysau agored y balconi.

'Does dim morgais ar y lle, Syr Richard,' meddai Jasper, 'a dydyn nhw ddim yn talu'r un geiniog mewn rhent, chwaith. Cafodd hynny o forgais a *oedd* ar y lle ei dalu gan y cwmni insiwrans pan fu farw gwraig Tomos Williams.'

'Ond dwi'n cymryd na fydd hynny'n broblem i ti?' meddai Richard Collins.

Petai siarc yn gallu siarad, fel yna'n union y byddai ei lais yn swnio, meddyliodd Jasper, ac o dan y gadair daeth sŵn fel injan beic modur yn rhygnu.

'N-n-na fydd, Syr Richard,' mynnodd Jasper. 'Mi fydd o'n sicr o dderbyn eich cynnig hael am y lle.'

'Gobeithio'n wir,' meddai Richard Collins. 'Gorau po gyntaf y cawn ni nhw allan o'r bwthyn. Mae Mediwsa wedi bod yno unwaith. Dwi ddim eisiau ei hanfon hi yno eilwaith.'

Wedi i Jasper fynd, dychwelodd Richard Collins i'w falconi. Gallai daeru iddo weld aderyn go fawr yn hedfan i ffwrdd wrth iddo gamu allan. Adar! Roedd o'n eu casáu â chas perffaith. Rhuthrodd at y rheiliau haearn ac edrych i fyny i'r awyr: na, roedd beth bynnag oedd o wedi mynd.

Wel, meddyliodd, gyda lwc mi fydd coedwig arall wedi diflannu o'r wlad cyn bo hir, ac yn ei lle – un arall o'm siopau i. Gobeithio fod Jasper yn iawn ynglŷn â Tomos Williams, ac y byddai'n barod i dderbyn ei gynnig am y bwthyn.

Os na fydd o, meddyliodd Richard Collins, bydd yn rhaid i mi ddefnyddio'r ddynes ofnadwy honno unwaith eto. A dwi ddim isio gneud hynny, os na fydd raid i mi.

Crynodd.

Doedd arno ddim eisiau hyd yn oed meddwl am Mediwsa.

Pennod 11

Roedd gan Derwyn griw o ffrindiau da, ac er ei fod o'n eu gweld nhw bum diwrnod yr wythnos yn yr ysgol, hoffai fynd i'r dref atyn nhw ar foreau Sadwrn hefyd.

Weithiau, fodd bynnag, hoffai petai'r hogia'n dod ato fo, dim ond am newid bach bob hyn a hyn – rhyw un waith bob mis neu chwe wythnos.

Roedd o wedi gofyn iddyn nhw droeon ac, ar ôl ychydig, sylwodd fod ei ffrindiau yn troi'r stori bob tro roedd o'n dechrau sôn am iddyn nhw ddod draw i'r goedwig ato fo. Ac roedd ganddyn nhw ffordd ryfedd o edrych ar ei gilydd bob tro y byddai Derwyn yn crybwyll y peth.

Ffordd ofnus, rywsut. O'r diwedd, cafodd y gwir – nid ganddyn nhw i ddechrau, ond gan Fflori.

'Maen nhw'n meddwl fod y goedwig yn crîpi, Derwyn,' meddai hi wrtho, ar ôl clywed yr hogia eraill yn trafod y goedwig yn yr ysgol.

'*Be*? Ond... ma hynna yn... yn...' Roedd Derwyn wedi methu â dod o hyd i air a oedd yn ddigon cryf. 'Dydi hi ddim yn crîpi, Fflori,' meddai.

'Nid i chdi, falla. Cofia dy fod di wedi dy fagu yno, ac wedi hen arfer efo'r lle,' meddai Fflori wrtho.

I Derwyn, gardd gefn fawr oedd y goedwig ac roedd

o wedi chwarae ynddi ers iddo ddysgu cerdded, bron. Cyn i'w fam gael ei tharo'n sâl, a chyn bod Derwyn yn ddigon hen i gychwyn yn yr ysgol, treuliai'r ddau ohonyn nhw oriau maith yn y goedwig.

Dysgodd Derwyn enwau'r coed a'r blodau, yr adar a'r anifeiliaid, a thros y blynyddoedd daeth i wybod am bob un llwybr a redai trwy'r goedwig. Bron ei fod o'n adnabod pob coeden a phob llwyn.

Roedd y goedwig, i bob pwrpas, yn gartref iddo.

Ceisiodd ddweud hyn wrth ei ffrindiau'r tro nesaf iddo'u gweld nhw, ond doedd dim byd yn tycio.

'Dim ond coedwig ydi hi!' meddai, gan golli amynedd braidd efo nhw. 'Does dim ofn coedwig arnoch chi, nag oes?'

Roedd o wedi disgwyl iddyn nhw i gyd chwerthin yn uchel ar hyn, ond wnaethon nhw ddim. Dim ond edrych yn anghyfforddus, gyda chryn dipyn o glirio'u gyddfau a chwerthin yn annaturiol.

'Nid *ofn*...' meddai Jason.

'Nid yn hollol, na,' meddai Rhys Wyn.

'Mond rhyw deimlad annifyr,' meddai Carwyn.

'Fel ma rhywun yn ei gael wrth gerdded drwy fynwant,' meddai Robin.

'Yn hwyr yn y nos,' meddai Jason.

'Ar ei ben ei hun,' meddai Rhys Wyn. 'Rhyw deimlad fod rhywun yn ein gwylio ni drw'r amser. Yndê, hogia?'

Nodiodd y lleill, eu hwynebau'n syn.

'Rhywun... neu *rywbeth*,' meddai Carwyn.

'Rhywbeth... crîpi,' gorffennodd Robin.

Erbyn hyn, felly, roedd Derwyn wedi rhoi'r ffidil yn y to ynglŷn â gofyn i'r hogia eraill ddod draw ato fo i'r goedwig. Treuliodd y bore Sadwrn hwn yn chwarae pêl-droed yn y parc nes iddyn nhw fynd adref, fesul un, am eu cinio.

Wedi iddyn nhw fynd, meddyliodd Derwyn am eiriau Rhys Wyn, a'r teimlad annifyr a gafodd o yn y goedwig. '*Rhyw deimlad fod rhywun yn ein gwylio ni drw'r amser*,' meddai.

Tan yn ddiweddar iawn, buasai Derwyn wedi chwerthin am ben Rhys am deimlo fel yna yn y goedwig. Ond nid heddiw. Onid oedd o'i hun wedi teimlo'n union yr un fath neithiwr, ar ôl dod adref o'r ganolfan iechyd?

Ochneidiodd, ac eistedd ar un o feinciau'r parc. Roedd gormod o bethau *od* yn digwydd o gwmpas y goedwig yn ddiweddar. Doedd Derwyn ddim mewn unrhyw sefyllfa i chwerthin am ben rhywun arall.

Yn enwedig ac yntau rŵan wedi dechrau meddwl fod yr hogia'n iawn wedi'r cwbwl, a *bod* y goedwig yn...

... crîpi.

Gwyliodd baced creision gwag yn cael ei chwythu drwy'r borderi bach taclus a dyfai hyd ochrau'r lawnt fowlio. Roedd yn edrych fel cacynen fawr ryfedd wrth iddo symud yn ddiog o un cennin Pedr i'r llall.

Ac wrth gwrs, gwnaeth hyn iddo feddwl am y blodau marw wrth giât y bwthyn.

Ac yna am y dylluan a welodd o'n hedfan o'r coed gan setlo ar do'r bwthyn.

Ac yna am ei fam.

Daeth pwl mawr o hiraeth drosto mwyaf sydyn. Go brin y basa'i fam yn gadael iddo feddwl – am eiliad – fod y goedwig yn crîpi. Na – basa Mari, ei fam, wedi chwerthin nes ei bod hi'n sâl am ben yr hogia eraill, gan eu galw nhw'n fabis swci ac yn sisis.

Yna cofiodd am sŵn ei llais yn galw'i enw ganol nos.

'*Derwyn… Deeerr-wyyyn…*'

Rhwbiodd ei lygaid yn ffyrnig, rhag ofn i rywun ei weld yn eistedd ar ei ben ei hun, yn crio. Pwy ydi'r babi swci rŵan? meddai wrtho'i hun – ac wrth iddo wneud hynny, meddyliodd iddo glywed rhywun yn ochneidio wrth ei ochr.

Doedd neb yno, wrth gwrs. Dim ond y paced creision gwag yn crafu dros lwybr y parc, a'r gwynt yn sïo yn nail y coed.

Pennod 12

'Haia, Hyll.'

'Haia, Hyllach.'

Fflori, y tu allan i fynedfa'r parc. Cafodd Derwyn y teimlad ei bod hi'n aros yno amdano, fel petai hi wedi bod yn ei wylio. Oedd hi wedi'i weld o'n crio? Oedd ei lygaid wedi chwyddo'n goch? Disgwyliai'n nerfus am ei geiriau nesaf.

'Sut ma llaw dy dad heddiw?'

Ffiw!

'Yn well, diolch.' Roedd o'n ysu am gael dweud wrthi am Tom, neithiwr, wedi meddwl fod neidr fawr yn yr ystafell fyw. Ond roedd o wedi addo peidio, yn doedd? 'Ddim digon da i yrru, chwaith. Dŵad yma ar y bws wnes i.'

Nodiodd Fflori, ond dim ond rhyw hanner gwrando roedd hi, meddyliodd Derwyn. Roedd hi'n edrych i mewn i'r parc, at y fainc lle roedd Derwyn wedi bod yn eistedd yn gynharach.

'A rŵan dwi'n mynd yn ôl ar gefn eliffant,' meddai Derwyn.

'Mmmm?' Edrychodd Fflori arno mewn ffordd ddigon od. 'Sori, be?'

Edrychodd Derwyn i fyny ar yr awyr ddu. 'Dwi am fynd adra cyn iddi ddechra stido bwrw. Dwi 'di bod yma drw'r bora. Efo'r hogia.'

Be goblyn oedd yn bod ar yr hogan heddiw? Roedd hi'n sbio arno mewn ffordd ryfedd.

'Neb arall?' meddai Fflori.

'Fel pwy?'

Syllodd Fflori arno am ychydig, yna ysgydwodd ei phen. 'Dwi'm yn gwbod, nac 'dw.'

Ond unwaith eto edrychodd yn ei hôl i gyfeiriad y fainc yn y parc.

Ochneidiodd Derwyn. 'Fflori! Be sy?'

Ond yn hytrach na'i ateb, meddai Fflori: 'W't ti 'di ca'l cinio?'

Aethant i'r caffi roedd pawb yn ei alw yn 'Caffi Saim'. Ei enw iawn oedd O'Callaghan's, ond pwy gebyst oedd O'Callaghan, doedd neb yn gwybod. Doedd dim byd Gwyddelig am y lle, ac Evans oedd enw'r bobol a oedd yn ei gadw ers blynyddoedd.

Eisteddodd Derwyn a Fflori gyda phlatiad yr un o sosej, wy a sglodion. Efo digonedd o saws coch. Yn ôl ei arfer, golchodd Derwyn flaenau dwy o'i sglodion yn y saws a'u gwthio wedyn i gorneli ei geg, gan ddynwared Draciwla a hisian dros y bwrdd ar Fflori.

'*I veel haff your blooooood…*' meddai ac, yn ôl ei harfer hithau, gwnaeth Fflori groes â'i chyllell a'i fforc a'i dal yn wyneb Derwyn gan ddweud, '*Back, foul creature – back!*'

Ia – rhyw ddau fel hyn oedden nhw. Ond gallai Fflori ddweud nad oedd calon Derwyn yn y perfformiad heddiw.

Yn rhyfedd iawn, roedd Derwyn yn meddwl yn union yr un peth am Fflori.

'W't ti'n ocê?' gofynnodd Fflori ar ôl cegiad neu ddwy o fwyd.

'Ydw, ydw,' atebodd Derwyn. 'Wel… ydw. Dwi'n meddwl. Ydw.'

'Be sy?'

'Dim byd. Mond…'

'Be?'

'Rhwbath… od.'

Ochneidiodd Fflori a chymryd arni ei bod yn chwilio am rywbeth i'w luchio ato. 'O, Derwyn – *be*?'

Edrychodd Derwyn arni dros wyneb y bwrdd, a sylwodd Fflori am y tro cyntaf fod cysgodion duon o dan ei lygaid, fel na phetai o wedi cysgu'n iawn ers nosweithiau lawer.

'Dwi'n dechra meddwl eu bod nhw'n iawn, 'sti,' meddai Derwyn.

'Pwy?'

'Fy mêts. Eu bod nhw'n iawn am y goedwig.'

Dywedodd Derwyn wrthi am y dylluan yn hedfan allan o'r coed ac yn setlo ar do'r bwthyn. Wrth iddo wrando arno fo'i hun yn adrodd yr hanes, sylweddolodd nad oedd hynny ynddo'i hun yn ddigwyddiad dramatig iawn.

Roedd yn amlwg oddi wrth wyneb Fflori ei bod hithau'n meddwl yr un peth.

'Dyna'r cwbwl?'

'Wel...'

'Derwyn, rw't ti'n byw mewn coedwig, fwy ne lai. Rw't ti'n siŵr o weld tylluan bob hyn a hyn. Hyd yn oed mewn gola dydd. Dydyn nhw ddim 'run fath â fampirod, 'sti, yn llosgi a throi'n llwch pan fydd yr haul yn codi.'

'Ia, wn i hynny – a dwi *wedi* gweld rhai, siŵr iawn. Dwsinau, dros y blynyddoedd. Ond...'

'Ond be? Be oedd mor sbesial am hon?' gofynnodd Fflori.

'Dim byd. Tylluan frech oedd hi – *Strix aluco*. Y dylluan fwya cyffredin sy gynnon ni. Maen nhw'n clwydo yn ystod y dydd, a dŵad allan gyda'r nos i hela.'

'Ond sbia ar Hedwig,' meddai Fflori ar ei draws, gan gyfeirio at dylluan wen Harry Potter. 'Mae hwnnw o gwmpas y lle ddydd a nos.'

Ochneidiodd Derwyn. Doedd ganddo fawr i'w ddweud wrth Harry Potter – y llyfrau na'r ffilmiau

– ond roedd Fflori wrth ei bodd efo nhw. 'Roedd 'na jyst… dwn i'm… rywbath od amdani, reit?'

'Od?'

Y gair yna eto, meddyliodd Derwyn. Roedd yn amhosib ei osgoi. Oherwydd doedd 'run gair arall a wnâi'r tro, dyna pam. Heblaw, efallai, am y gair a ddefnyddiodd yr hogia eraill.

Crîpi…

'Be ti'n feddwl – od?' meddai Fflori.

'Mi fasat ti'n dallt tasat ti wedi bod yno, tasat ti wedi'i weld o'n digwydd,' meddai.

Roedd rhywbeth ynglŷn â'r ffordd roedd y dylluan wedi hedfan o'r coed, ac wedyn ynglŷn â'r ffordd roedd hi wedi setlo ar ben y to, fel petai…

… fel petai hi wedi syllu i mewn i'r bws, drwy'r ffenestri ac yn syth i mewn i lygaid Derwyn.

O, be wna i? meddyliodd. Alla i ddim deud wrthi fy mod i weithiau'n clywed Mam yn galw arna i yn y nos. Nac am Dad yn credu'n siŵr ei fod o wedi gweld neidr neithiwr yn y stafell fyw. Ac yn bendant, fedra i ddim deud wrthi fy mod i bron iawn yn coelio Dad, ac yn rhyw ofni, taswn i wedi bod yno efo fo, y baswn inna wedi gweld neidr wrth y drws hefyd.

Pennod 13

Roedd Fflori wedi treulio'r rhan fwyaf o'r bore efo'i nain, yn gwneud ei gorau i berswadio Dorothi i ddweud mwy wrthi am y Fflorica gyntaf – sef hen nain Fflori. *Mam Nain oedd nain Mam…*

Ac am y 'gallu' rhyfedd hwnnw oedd ganddi.

'Wa'th i ti heb, Fflori, ma dy fam wedi fy siarsio i beidio siarad efo chdi am bethau fel yna,' meddai Dorothi heddiw.

Ond roedd Fflori'n benderfynol: petai cystadleuaeth swnian mewn eisteddfodau, buasai Fflori'n ennill y gadair a'r goron heb chwysu dim. Ar ôl bron i hanner awr o hefru, dywedodd: 'O, Nain – yr unig beth dwi isio'i wbod ydi am y… y pethau rheiny roedd eich mam chi'n gallu'u gweld weithiau.'

'Dwi wedi deud wrthat ti, Fflori – doeddan nhw ddim yn betha neis.' Edrychodd ar Fflori'n gwrando'n astud. 'Yli, roeddan nhw'n codi ofn arni, iawn? Ac roedd o'n cymryd cryn dipyn i ddychryn Mam. A doedd hi ddim yn hoffi coedwigoedd. Roedd hi wastad yn deud ei bod hi'n gallu gweld pob coedwig fel y ma hi go iawn.'

'Fel y ma hi go iawn?' meddai Fflori. 'Be oedd hi'n ei feddwl, Nain?'

Oherwydd roedd Derwyn fel tasa fo'n ei hanwybyddu hi'n llwyr. Doedd o ddim hyd yn oed yn edrych arni – ac roedd rhywbeth annaturiol am hynny, sylweddolodd Fflori.

Rhywbeth a oedd yn bell o fod yn *iawn*, rywsut.

Rhywbeth a wnâi i Fflori deimlo'n oer drosti i gyd.

Yna rhewodd y ddynes, fel tasa hi wedi synhwyro rhywbeth. Yn araf, dechreuodd droi ei phen a'i hwyneb i gyfeiriad y man lle roedd Fflori'n sefyll wrth y fynedfa i'r parc.

A meddyliodd Fflori: Dwi ddim isio gweld ei hwynab hi!

Felly trodd Fflori i ffwrdd a chymryd arni ei bod yn edrych i'r cyfeiriad arall – am ychydig eiliadau'n unig.

A phan drodd yn ei hôl, roedd y ddynes wedi diflannu'n llwyr.

'Wela i di, Hyll.'

'Os na wela i chdi yn gynta, Hyllach.'

Aeth Derwyn ar y bws, a chychwynnodd Fflori am adref. Roedd golwg feddylgar iawn arni. Oedd hi wedi gweld rhywun efo Derwyn yn y parc? Ar ei nain roedd y bai am hyn, meddyliodd yn biwis. Roedd Dorothi wedi rhoi'r syniad gwirion yn ei phen – ac ia, syniad gwirion oedd o, meddai wrthi'i hun: rwtsh a nonsans, chwedl ei mam – am weld pobol nad oeddan nhw yno go iawn. Fel y bobol rheiny sy'n meddwl eu bod nhw'n gweld siapiau mawrion yn nyfroedd Loch Ness ar ôl darllen am yr anghenfil, neu'r rheiny sy'n meddwl eu bod nhw'n gweld goleuadau rhyfedd yn yr awyr ar ôl darllen am UFOs. A finnau'n meddwl fy mod i'n gweld dynes yn y parc, ar y fainc efo Derwyn, a dim un yno go iawn.

Yfory, penderfynodd Fflori, dwi am fynd draw i weld Derwyn ac fe awn ni am dro i'r goedwig. Dim ots os bydd hi'n stido bwrw glaw. Be ddeudodd Nain? Fod ei mam hi, y Fflorica gyntaf, yn 'gallu gweld pob coedwig fel y ma hi *go iawn*'?

Mam sy'n iawn, meddai Fflori wrthi'i hun. Rwtsh a nonsans ydi o i gyd, a dim byd arall.

Yfory, meddyliodd, dwi am fynd i'r goedwig efo Derwyn, ac mi fydd popeth yno'n hollol normal.

Pennod 14

Plinc-plonc – un sŵn.

Plonc-plinc – sŵn arall.

Hefyd – plync-planc a planc-plync.

Gyda'i gilydd, cafwyd rhywbeth tebyg i plinc-planc-plonc-plync-plinc… drosodd a throsodd a throsodd, ac un yn llifo i mewn i'r llall ac ar draws ei gilydd i gyd.

Yn ei ffordd ryfedd ei hun, meddyliodd Derwyn, roedd yn sŵn reit gerddorol. Fel cerddorfa o sosbenni a phowlenni a phwced neu ddau, yn dal y diferion o law wrth iddyn nhw syrthio o'r to yn y gegin a'r llofftydd a'r ystafell ymolchi.

Oedd, roedd y glaw wedi cyrraedd. Bu'r cymylau mawrion yn hel drwy'r prynhawn, ac erbyn i Derwyn ddychwelyd adref o'r dref roedd sefyll y tu allan i'r bwthyn bron iawn fel bod mewn pabell fawr ddu.

Wrth edrych ar yr awyr, meddai Tom: 'Dwi mond yn gweddïo na fydd dy nain yma pan ddechreuith hi fwrw.'

Ac wrth gwrs, prin fod y geiriau wedi gadael ei geg pan glywon nhw sŵn olwynion car yn crensian dros y cerrig mân o flaen giât y bwthyn.

Edrychodd y tad a'r mab ar ei gilydd mewn syndod.

'Na…' meddai Tom. 'Plis, na…'

Cododd Derwyn a mynd at y ffenestr.

'Ia.'

Claddodd Tom ei wyneb yn ei ddwylo. 'Pam fi?'

Ond wedi dod yno er mwyn ymddiheuro roedd Rhiannon. 'Ddylwn i ddim fod wedi martsio o 'ma neithiwr fel y gwnes i,' meddai. 'Mewn rhyw hen dempar gwirion.'

Edrychodd Tom a Derwyn ar ei gilydd, ill dau'n amlwg yn meddwl yr un peth. Nid neithiwr oedd y tro cyntaf i Rhiannon adael y bwthyn 'mewn rhyw hen dempar gwirion'. Fel Tom, roedd ganddi lond pen o wallt oren, ond bod ei hun hi yn hir ac yn gyrliog. Ond roedd yr un dymer gan y ddau – y fam a'r mab yn gallu gwylltio fel dwy fatsien, a difaru'n syth bìn wedyn.

'Ydan ni'n ffrindia?' gofynnodd Rhiannon, a chael hyg gan Tom.

'Ydan, siŵr!'

Ond yna mi ddechreuodd hi fwrw glaw lai na phum munud ar ôl i Rhiannon eistedd gyda'i phaned. Glaw go iawn, hefyd. Roedd hi'n tresio bwrw, yn pistyllio bwrw, yn stido bwrw, yn bwrw hen wragedd a ffyn.

Eiliadau wedyn dechreuodd y to ollwng. Mewn sawl lle. Aeth Tom, Derwyn a Rhiannon o gwmpas y bwthyn fel pethau gwyllt gan osod y sosbenni a'r powlenni a'r pwcedi mewn gwahanol fannau i ddal y dŵr. Ddywedodd Rhiannon yr un gair, ond sylwodd Derwyn fod ceg ei nain yn denau fel rasal.

Sylwodd Tom hefyd. 'Ia, dwi'n gwbod!' meddai. 'Peidiwch â dechra!'

Wrth gwrs, roedd hyn fel dweud wrth Rhiannon *am* ddechrau. Byddai'n well o lawer petai Tom heb ddweud yr un gair. Ond roedd o wedi bod yn llawn tensiwn drwy'r dydd, yn disgwyl i'r glaw ddod i lawr a thrwy'r to. Roedd o hefyd yn flin – efo'r tywydd, efo'i fam am gyrraedd eiliadau cyn y glaw, efo'r to am ollwng ac efo fo'i hun am iddo fethu â'i drwsio.

Ac efo'r blwming neidr-neu'r-blodau-neu-beth-bynnag am ei frathu ddoe.

'Fi? Ddeudis i ddim gair,' meddai Rhiannon.

Plis, meddyliodd Derwyn, peidiwch â ffraeo eto...

Roedden nhw yn yr ystafell fyw, a'r drysau i'r gegin a'r llofftydd wedi'u cau. Ond roedd y synau plinc-plonc-plync-planc i'w clywed yn glir. Fel petai criw o lygod mewn esgidiau Doc Martens yn rhedeg i fyny ac i lawr seiloffon anferth, meddyliodd Derwyn.

'Fedrwch chi ddim byw fel hyn!' meddai Rhiannon.

'Rydan ni'n gneud yn tshampion yma – yn dydan ni, Derwyn?' dadleuodd Tom.

Chafodd Derwyn ddim cyfle i gytuno, oherwydd meddai ei nain: 'Ma'r lle yma'n drewi o damprwydd. Ma'r ogla'n taro rhywun wrth gerdded trw'r drws ffrynt. Dim rhyfedd fod yr hogyn yn ca'l un annwyd ar ôl y llall.'

'Dwi ddim…' protestiodd Derwyn, ond rhyw brotest fach ddigon llipa oedd hi: gwyddai i'r dim fod ei nain yn dweud y gwir.

'Gwranda, Tom,' meddai Rhiannon. 'Dwi'n trio siarad yn gall efo chdi. Ma digonadd o dai ar y stad acw ar werth. Bynglos bach digon del.'

'Bynglo!' ebychodd Tom, fel petai ei fam wedi awgrymu ei fod o'n symud i fyw mewn twlc mochyn. 'Mam, rydan ni wedi bod trw' hyn. Ddwsina o weithia.'

'O leia basa'r ddau ohonoch chi'n gynnes.' Daliodd Rhiannon ei phen ar un ochr, gan wrando'n astud. O gyfeiriad y gegin daeth sŵn plip-plop gwlyb yn hytrach na phlinc-plonc. 'Ac yn sych,' ychwanegodd.

Ochneidiodd Tom. 'Mam, fedrwn i ddim *fforddio* un o'r blwming bynglos rheiny – hyd yn oed taswn i isio un.'

'Wel,' meddai Rhiannon, 'fel dw inna wedi deud a deud, tasa gen ti swydd iawn, fel sy gan Idris…'

Caeodd Derwyn ei lygaid. O, na! meddyliodd. Oedd raid i Nain grybwyll Yncl Idris?! Os oedd un peth yn sicr o wylltio Tom, yna clywed ei fam yn brolio Idris oedd hwnnw.

'O, dyma ni rŵan!' meddai, ei wyneb yn awr yn gochach na'i wallt. 'Y Brawd Mawr Perffaith! Ro'n i'n meddwl na fasa hi'n hir iawn cyn i'r sgerbwd hwnnw gael ei lusgo i mewn i'r sgwrs!'

Un o bobol y Dreth Incwm oedd Idris. Roedd o'n byw yn Wrecsam mewn clamp o dŷ moethus. Bob tro y byddai Rhiannon yn mynd yno i aros, roedd yn gas gan Tom ei gweld hi'n dod adref. Am wythnosau wedyn, byddai sgyrsiau ei fam yn llawn disgrifiadau o gartref Idris, a pha mor dda roedd o'n gwneud yn ei swydd.

Ac fel pawb call, roedd Tom yn casáu pobol y Dreth Incwm â chasineb perffaith. Roedden nhw'n boen ar enaid Tom druan, a byddai'n griddfan dros y bwthyn bob tro y byddai un o'r hen amlenni bach brown rheiny'n dod trwy'r drws.

'O leia dydi ei dŷ *o* ddim yn gollwng dŵr!' meddai Rhiannon.

'Dwi'n synnu nad ydi o'n byw mewn hen gastall,' meddai Tom, 'ac yn cysgu mewn arch trw'r dydd – ac yna'n codi ar ôl i'r haul fynd i lawr, er mwyn mynd allan i sugno gwaed pobol. Dyna be ma'r fampiriaid yn neud, yndê?'

'O, wel – os w't ti am siarad yn wirion...' Cododd Rhiannon a chydio yn ei bag a'i chôt. 'Dwi'n mynd adra.'

Edrychodd yn ddisgwylgar ar Tom, yn amlwg yn aros iddo ddweud wrthi am eistedd i lawr yn ei hôl. Yn lle hynny, aeth Tom at y ffenestr a sefyll yno'n syllu allan ar y glaw, a'i gefn ati.

Wrth y drws, meddai Rhiannon: 'Poeni am dy les di ydw i, Tom. Y chdi a'r hogyn. Os nad oes gen ti ots am dy iechyd dy hun, tria ystyried rhywfaint arno fo, wnei di?'

A chan ddal ei chôt dros ei phen, rhedodd drwy'r glaw am ei char.

Pennod 15

Roedd y plinc-planc-plonc-plync yn dal i seinio drwy'r bwthyn pan aeth Derwyn i'w wely toc wedi naw o'r gloch – ar ddiwedd noswaith ddigon annifyr, a dweud y gwir, oherwydd roedd ei dad yn ddistaw iawn ar ôl i Rhiannon fynd adref.

Gyda'r holl ddŵr yn dod i mewn drwy'r to, doedd hi ddim yn ddiogel iddyn nhw ddefnyddio unrhyw beth trydanol yn y bwthyn y noson honno. Aeth Derwyn i'w ystafell wely gydag un o'r lampau bach rheiny y mae pobol yn eu defnyddio wrth wersylla.

Bum munud yn ddiweddarach, gyda Derwyn yn craffu ar sgrin fechan ei beiriant DS, aeth Tom i fyny ar ei ôl. Eisteddodd ar erchwyn y gwely.

'Iawn, 'rhen ddyn?'

'Ydw, diolch.'

Nodiodd Tom, ond roedd yn amlwg fod rhywbeth ganddo ar ei feddwl. Edrychodd o gwmpas yr ystafell wely, ar y llyfrau natur ar y silffoedd, ar bosteri Derwyn dros y muriau – Batman a Spider-Man, ac uwchben ei wely, poster o siarc mawr gwyn yn codi o'r môr a'i ddannedd yn waed i gyd.

'Gwranda,' meddai Tom, 'dwi wedi bod yn meddwl…'

'O, Dad!'

'Y? Be?'

'Dwi wedi deud a deud wrthoch chi am beidio â gneud hynny, dydi o ddim yn eich siwtio chi!'

'Hoi! Na, o ddifri, rŵan. Falla fod gan dy nain bwynt, 'sti.'

'Ynglŷn â be?' gofynnodd Derwyn, er bod ganddo syniad reit dda.

'Wel, ynglŷn â'r bwthyn. Falla y dylen ni ystyried symud yn nes at y dre. Neu i'r dre…'

Dechreuodd Derwyn ysgwyd ei ben.

'Na, gwranda,' meddai Tom. Pwyntiodd at ddysgl ar ddesg Derwyn ac at y bwced ar y llawr ger y ffenestr. 'Ma'r lle 'ma fel tasa fo'n mynd o ddrwg i waeth efo pob blwyddyn sy'n pasio, dw't ti ddim yn meddwl? Dim ots be ma rywun yn 'i neud iddo fo…'

'Dad, dwi ddim isio symud i'r dre,' meddai Derwyn. 'Dydach chitha ddim chwaith. Bai Nain ydi hyn, yndê?'

Ochneidiodd Tom a gwthio'i fysedd drwy'i wallt. Syllodd ar Derwyn am rai eiliadau, cyn codi a mynd at y ffenestr. Doedd Derwyn byth bron yn cau'r llenni a syllodd Tom ar ei lun ei hun yn nüwch y gwydr, cyn troi at y gwely. 'Ond ma hi'n deud y gwir – rw't ti wedi ca'l un annwyd ar ôl y llall eleni. A basa'r dre'n

na, doedd hynny ond yn gwneud iddo swnio'n uwch – fel tasa fo yn ei ben.

Er mai dyna'r peth olaf roedd arno eisiau ei wneud, y peth olaf un yn y byd i gyd yn grwn, tynnodd Derwyn y dwfe i lawr dros ei wyneb ac edrych i gyfeiriad y ffenestr.

Dim byd.

Ac roedd y sŵn wedi peidio. Gwrandawodd Derwyn yn astud. Dim smic – dim hyd yn oed sŵn car neu lori'n gyrru heibio ar hyd y ffordd fawr.

Mae'n rhaid, meddyliodd, fy mod i wedi breuddwydio'r sŵn.

Yna cofiodd fel roedd Tom wedi rhoi cic ysgafn i'r bwced a oedd ar y llawr ger y ffenestr. A-ha… meddai wrtho'i hun. *Dyna* be oedd y sŵn, dwi'n siŵr. Mae'n rhaid fod Dad wedi symud y bwced fymryn, a bod ambell ddiferyn yn dal i syrthio o'r to gan daro'n erbyn ymyl y bwced yn hytrach na syrthio'n syth i'r dŵr.

Cododd o'i wely a chroesi'r llawr at y ffenestr. Daliodd ei law yn agored uwchben y bwced, fel rhywun yn trio penderfynu ydi hi'n bwrw glaw ai peidio. Na, doedd dim byd yn dod o'r nenfwd. Symudodd y bwced ychydig bach, fodd bynnag, oherwydd gwyddai na fedrai fynd yn ôl i gysgu petai'r sŵn yna'n ailgychwyn.

Reit, meddyliodd, dyna hynna wedi'i wneud. Trodd yn ôl am ei wely.

Tc... tc-tc-tc...

Ochneidiodd a throi'n ôl at y ffenestr...

... a gweld wyneb mawr gwyn yn syllu i mewn i'r ystafell.

Roedd Derwyn wedi dychryn gormod i weiddi. Roedd yr wyneb yn anferth, yn llenwi'r ffenestr gyfan bron iawn. Wyneb crwn a llydan, dau lygad mawr fel dwy soser felen, a... a phig.

Tylluan, meddai rhyw lais bychan y tu mewn i ben Derwyn. Tylluan wen.

Ond roedd hi'n anferth! Welodd o erioed dylluan mor fawr... ac wrth iddo edrych, estynnodd y dylluan un grafanc a tharo'r ffenestr yn ysgafn – tc... tc-tc-tc... – bron fel petai'n dweud wrth Derwyn am agor y ffenestr.

No way! meddyliodd. Dwi ddim am adael rhyw... rhyw anghenfil fel hwn i mewn i'm stafell!

Arhosodd wyneb y dylluan yn y ffenestr, ei llygaid mawr melyn yn syllu i fyw llygaid Derwyn. Teimlodd yntau ei goesau'n dechrau rhoi oddi tano, ac – o, na! – ychydig o wlybaniaeth poeth yn gwlychu ei gluniau...

... a diflannodd y dylluan.

Diflannu fel llun ar sgrin cyfrifiadur pan fyddwch chi'n clicio'r 'x' bach gwyn hwnnw mewn sgwâr bach coch yn y gornel dde uchaf.

Camodd Derwyn tuag at y ffenestr, ond yna sylweddolodd fod arno angen y tŷ bach – ar frys.

Agorodd ddrws ei ystafell a brysio ar draws y landin am yr ystafell ymolchi.

Daeth Derwyn o hyd i byjamas glân y tu mewn i gwpwrdd sychu'r ystafell ymolchi. Gwrthodai ag edrych i gyfeiriad y ffenestr wrth newid, ac ofnai, wrth ddiffodd y golau, y byddai'n gweld yr wyneb anferth, gwyn hwnnw'n ymwthio'n erbyn y gwydr.

Felly caeodd y drws yn dynn ar ei ôl. Allan ar y landin unwaith eto, gwyddai mai'r lle olaf roedd arno eisiau mynd oedd yn ôl i'w ystafell. Gallai weld ei ddrws ym mhen pella'r landin, yn hanner agored, a thywyllwch ei ystafell yn aros amdano.

'Dad...'

Heb feddwl, roedd o wedi galw am ei dad, ond mewn llais bach gwichlyd, tawel. Safodd yno yn ei byjamas Spider-Man glân – ffigwr bychan ac unig yn crynu ag ofn yn nhywyllwch y landin.

'Dad?' meddai eto.

Roedd drws ystafell wely Tom yn gilagored. Rhoddai'r byd yn awr am iddo agor yn llawn i ddangos Tom yn sefyll yno yn ei drowsus pyjamas a'i grys-t Bruce Springsteen, yn hanner cysgu ond yn ddigon effro i ofyn, 'Be sy? Breuddwyd cas, ia?'

Ond be allwn i'i ddeud wrtho fo? meddyliodd

Derwyn, gan deimlo'i hun ar fin crio. Fy mod i wedi gweld tylluan anferth yn sbio i mewn trwy'r ffenast?

Ma hi wedi mynd rŵan, beth bynnag...

Ond oedd hi? Falla'i bod hi'n troi mewn cylchoedd tawel uwchben y goedwig, uwchben y bwthyn, yn aros nes y byddai Derwyn wedi setlo'n ôl yn ei wely... tc-tc–tc...

'Dad?'

Ac meddai Tom o'i ystafell: 'Wna i ddim! Wna i ddim... byth... na... BYTH!'

Roedd Derwyn wedi hen arfer â chlywed Tom yn siarad yn ei gwsg, ond roedd tôn ei lais yn wahanol y tro hwn.

Bron fel petai o'n siarad efo rhywun arall.

Fel tasa fo'n ei wylio'i hun mewn ffilm, gwelodd Derwyn ei law o'i hun yn ymestyn am y drws – a thrwy'r amser, yn ei ben, gallai glywed ei lais ei hun yn dweud, 'Na! Dwi ddim isio gweld... dwi ddim isio gwbod efo pwy ma Dad yn siarad!'

Ond yna roedd Derwyn yn sefyll wrth y drws. Gallai deimlo'r pren dan flaenau'i fysedd, a gwyliodd ei fysedd, ei law anufudd, yn gwthio'r drws yn agored.

Gwelodd oleuni arian y lleuad yn llenwi'r ystafell – a rywle yng nghefn ei feddwl, clywodd lais arall yn dweud: Na-dydi-hyn-ddim-yn-iawn-does-yna-ddim-lleuad-heno.

Gwelodd Tom, yn gorwedd ar ei gefn â'i lygaid

ynghau, mewn trwmgwsg. Ond roedd ei dafod a'i
wefusau'n symud wrth iddo ddweud, trosodd a throsodd,
'Na... a' i ddim o 'ma... dwi'n addo... wna i ddim...
byth... wna i ddim mynd o 'ma...'

Gwelodd hefyd...

O, Dduw mawr!

Roedd rhywun yn yr ystafell, wrth droed y gwely,
yn pwyso ymlaen fel petai'n craffu ar wyneb Tom ar y
gobennydd. Fawr mwy na chysgod i ddechrau, ond yna
gwelodd Derwyn mai dynes oedd yno, dynes â gwallt
hir tywyll yn cuddio'i hwyneb, dynes wedi'i gwisgo
mewn jîns a chrys-t, a phan drodd hi ei phen yn araf
i gyfeiriad y drws, lle roedd Derwyn yn sefyll, a phan
gododd hi'i phen fel bod ei gwallt yn syrthio'n ôl oddi
wrth ei hwyneb gwyn....

... llewygodd Derwyn.

Ond wrth i'r düwch gau amdano, meddyliai'n siŵr
iddo glywed llais cyfarwydd yn sibrwd ei enw:

'*Derwyn... Deee-rwyyyn...*'

RHAN 2

Y Dyn Gwyrdd

Pennod 17

Deffrodd Derwyn yn ei wely i weld yr haul yn llifo drwy ffenestr yr ystafell wely.

Haul cynnes, a phan gododd ac agor ei ffenestr, gallai glywed yr adar yn bloeddio canu fel tasan nhw wedi meddwi'n chwil ulw gaib.

A doedd yr un dylluan i'w gweld yn unman.

Oedd o wedi breuddwydio bob dim a ddigwyddodd neithiwr? Y dylluan anferth honno yn y ffenestr? A'r hyn a welodd o wedyn yn ystafell wely ei dad? Ysgydwodd ei ben yn ffyrnig: doedd arno ddim eisiau cofio hynny.

Ond wrth ysgwyd ei ben, sylwodd ar yr hyn oedd ganddo amdano.

Ei byjamas Spider-Man.

Felly, meddyliodd, nid breuddwydio wnes i neithiwr...

Caeodd Derwyn y ffenestr yn frysiog.

Wrth fynd allan o'i lofft, gwelodd Derwyn fod drws ystafell ei dad yn agored led y pen.

'Dad?'

Yna sylweddolodd fod sŵn y radio i'w glywed yn dod o'r gegin. Brathodd ei ben i mewn i'r ystafell, ychydig yn nerfus er ei bod yn olau dydd, heb fod yn siŵr beth yn union roedd o'n disgwyl ei weld.

Dim byd, diolch byth – hynny yw, dim byd anghyffredin. Y gwely heb ei wneud, dillad budron ar y gadair a phentwr o nofelau antur clawr meddal o'r siop ail-law ar y cwpwrdd wrth y gwely.

Cychwynnodd Derwyn droi i fynd, ond cafodd gip ar rywbeth a orweddai ar y llawr wrth droed y gwely, a'r rhan fwyaf ohono o dan y gwely.

Rhywbeth gwyn.

Be ar y ddaear?

Camodd Derwyn i mewn i'r ystafell a chroesi at droed y gwely. Gwyrodd er mwyn craffu o dan y gwely…

… a'r eiliad nesaf, roedd o'n baglu'n ei ôl mewn braw.

Na! sgrechiodd ei feddwl arno. Na, ma'n amhosib!

Ond ia, meddai ei lygaid wrtho. Ia, Derwyn, amhosib neu beidio.

Yn gorwedd ar y llawr o dan y gwely roedd pluen. Pluen fawr wen – pluen anferth.

'Derwyn!' bloeddiodd Tom o waelod y grisiau.

Rhoes Derwyn naid arall – oherwydd, o'r diwedd ac

ar ôl agor a chau'i lygaid drosodd a throsodd a chyffwrdd
ynddi efo blaen ei droed, roedd o wedi bod yn ddigon
dewr i godi'r bluen oddi ar y llawr.

Edrychai fel pluen hollol gyffredin – ymhob ffordd
ond un. Roedd hi gymaint mwy na'r un bluen a welodd
Derwyn erioed. Doedd hi ddim yn bell o fod yr un
maint â chiw snwcer.

Dyna pryd y gwaeddodd Tom arno. Brysiodd allan
ar y landin a'r bluen wedi'i chuddio y tu ôl i'w gefn.

'Ia?'

'Brecwast!'

'Ocê, dŵad rŵan.'

Yn ei ystafell ei hun, cuddiodd y bluen dan dwmpath
o siwmperi yn nrôr ei gist ddillad.

Roedd y drws ffrynt yn agored led y pen, gwelodd
Derwyn wrth fynd i lawr y grisiau ac yn y gegin roedd y
drws cefn hefyd yn llydan agored, a'r ffenestri.

'Rhoi cyfla i'r lle yma sychu ryw chydig,' eglurodd
Tom, 'gan ei bod hi'n fora mor braf.'

Edrychodd Derwyn arno. Sut oedd ei dad yn gallu
bod mor siriol? Ar ôl neithiwr? Ond wrth gwrs, roedd o
wedi cysgu drwy'r cyfan, yn doedd?

'Wel – tydi hi'n ddwrnod bendigedig o wanwyn?'
meddai Tom. 'O'r diwadd. Mae fel tasa'r glaw wedi
rhoi cic ym mhen ôl y gwanwyn gan ddweud, "Ty'd!
Siapia hi!" Ac ma'n wyrthiol be ma noson dda o gwsg
yn gallu'i neud i ddyn.'

'Wna'thoch chi gysgu drw'r nos, felly?' gofynnodd Derwyn yn ofalus.

'Do, wir.' Estynnodd Tom ddau wy o'r ffrij a'u dodi mewn sosban. 'Fel twrch, 'swn i'n deud.'

'Dim… dim breuddwydion o gwbwl?'

'Nid i mi gofio, beth bynnag.' Trodd ac edrych ar Derwyn. 'Pam?'

O, lle faswn i'n dechra? meddyliodd Derwyn.

'Dim byd. Jyst… wel, mi godais i ganol nos, i fynd i'r tŷ bach…'

'Ia?'

'Ac… wel, roeddach chi'n siarad yn eich cwsg eto.'

Chwarddodd Tom. 'O – dyna'r cwbwl? Dwi wastad wedi gneud hynny, yn dydw? Wastad wedi bod yn gysgwr aflonydd ar y naw.' Syllodd allan drwy'r ffenestr a gwên fach dawel, bell ar ei wyneb. 'Roedd dy fam yn cwyno'n amal fod cysgu efo fi fel cysgu efo ceffyla sy'n prancio'n wyllt mewn *rodeos* yn America.'

Caeodd Derwyn ei lygaid. Roedd rhywbeth arall newydd ei daro. Os nad oedd ei dad wedi deffro o gwbwl yn ystod y nos, yna sut yn y byd oedd Derwyn wedi deffro fore heddiw – yn ei wely ei hun?

Y cof olaf oedd ganddo am neithiwr oedd llewygu yn nrws ystafell wely ei dad ar ôl gweld…

Gweld be?

Ac a oedd rhywun wedi ei gario'n ôl i'w wely?

Fel arfer, byddai Derwyn wrth ei fodd yn gweld ei dad mewn hwyliau mor dda.

Ond ar ôl neithiwr...

Parablodd Tom gryn dipyn dros frecwast gan fynd ar nerfau Derwyn: hynny, a'r chwibanu diddiwedd a wnâi bob tro y codai oddi wrth y bwrdd.

Roedd ei ewinedd, sylwodd Derwyn, yn hollol lân. Tan yn weddol ddiweddar, roedd yna wastad baent dan ewinedd Tom, ond roedden nhw'n lân bellach ers rhai misoedd.

Sut gallai dyn ag ewinedd glân fod mor siriol?

Oherwydd roedd o wedi cysgu fel mochyn drwy... drwy'r hunllef ges i neithiwr, dyna sut, meddyliodd Derwyn yn flin. Doedd hi ddim yn deg, rywsut, ei fod o wedi gorfod gweld y... y pethau yna neithiwr, tra oedd ei dad yn chwyrnu cysgu drwy'r cyfan.

Felly, pan ddychwelodd Tom at y ffenestr ac anadlu'n ddwfn gan ddweud eto fyth fod heddiw'n ddiwrnod bendigedig, meddai Derwyn, yn hollol sbeitlyd:

'Ydi – yn enwedig gan na fydd y postman yn galw yma ar ddydd Sul.'

Aeth Tom yn hollol lonydd. Syllodd allan heb ddweud gair am dros funud – ond roedd ei ysgwyddau, gwelodd Derwyn, wedi gollwng gryn dipyn.

'Rŵan – pam oedd raid i chdi ddeud rhwbath fel'na,

'rhen ddyn?' meddai heb droi. Doedd ei lais ddim yn gas o gwbwl. Digalon, dyna be oedd o – digalon. 'Doedd dim rhaid i chdi ddeud hynna rŵan, Derwyn. Dim rhaid o gwbwl.'

Pennod 18

Deffrodd Fflori hefyd i oleuni'r haul.

Doedd hi erioed wedi bod yn un am lybindian yn ei gwely: roedd hi'n rhy aflonydd i ryw nonsens felly.

Yn wahanol iawn i Sharon, ei mam. Roedd cryn dipyn o reolau yn nhŷ Fflori ond y Rheol Aur oedd hon: DIM SŴN AR FORE SUL!! Ac os oedd Fflori'n mynd allan i weld ei nain, yna doedd hi ddim – ar unrhyw gyfrif! – i ddeffro Sharon er mwyn dweud hynny wrthi. Gadael nodyn ar fwrdd y gegin oedd y peth i'w wneud. Chwarae teg, meddai Sharon, bore Sul ydi'r unig gyfle roedd hi'n ei gael drwy'r wythnos am *lie-in* ac roedd hi am wneud y gorau ohono.

Heddiw, roedd Fflori'n ddiolchgar am y Rheol Aur. Byddai Sharon yn siŵr o'i holi'n dwll ynglŷn â lle roedd hi'n mynd, a pham, petai hi o gwmpas y tŷ. Roedd Fflori'n gobeithio cael mynd draw i'r bwthyn a'r goedwig a bod yn ei hôl gartref yn weddol gyflym. Doedd Sharon byth yn codi cyn hanner dydd, a hyd yn oed wedyn roedd hi'n arfer crwydro o gwmpas y tŷ yn ei phyjamas, fel un o *The Walking Dead*.

Gadawodd Fflori nodyn ar y bwrdd, felly, yn dweud:

Roedd y goedwig yn teimlo'n llawn bywyd a ffresni newydd – dim byd crîpi amdani o gwbwl, meddyliodd Derwyn. Gwenai'r haul drwy'r dail gan deimlo'n gynnes ar ei wyneb a'i war, gwibiai'r adar yn ôl ac ymlaen uwch ei ben dan ganu nerth eu pennau a chafodd ambell gip ar gynffon cwningen yn diflannu i'r llwyni a dyfai bob ochr i'r llwybr.

Roedd hi bron iawn fel na phetai neithiwr wedi digwydd.

Bron…

Ar ôl iddo frifo'i dad – ia, dyna'r unig air amdano, roedd o wedi brifo Tom, ac yn ei gasáu ei hun am iddo wneud y ffasiwn beth, a hynny'n fwriadol – roedd o wedi gwisgo amdano a mynd allan heb feddwl am droi ac edrych yn ôl ar y bwthyn. Meddyliodd am y dylluan fawr honno y gwelodd o'i hwyneb yn erbyn y ffenestr.

Yn llenwi'r ffenestr.

Ceisiodd greu darlun clir o'r bwthyn yn ei feddwl. Os oedd ei hwyneb hi gymaint â hynny, yn ddigon mawr i lenwi'r ffenestr, yna byddai'n rhaid i'w hadenydd fod yn ddigon llydan i fedru cyrraedd o un pen y bwthyn i'r llall.

A doedd yna'r un dylluan a oedd gymaint â hynny.

A be am yr hyn ddigwyddodd wedyn, pan ddaeth Derwyn allan o'r tŷ bach?

Beth ar y ddaear welodd o'n sefyll wrth droed gwely ei dad?

Rw't ti'n gwbod yn iawn be oedd yno, Derwyn, sibrydai rhyw hen lais bach annifyr y tu mewn i'w ben. *Neu* pwy *oedd yno. Rw't ti'n gwbod yn iawn pwy oedd hi.*

Dy fam...

'Na!' meddai Derwyn yn uchel.

Ond roedd ei lais yn torri a'i lygaid yn llawn dagrau poethion.

Er bod Fflori a Derwyn yn ffrindiau, doedd Fflori erioed wedi bod yn y bwthyn; roedd hi a Derwyn yn tueddu i weld ei gilydd yn nhai eu neiniau ac yn yr ysgol. A hithau'n sefyll y tu allan i'r bwthyn yn awr, gwelodd am y tro cyntaf pa mor hyll oedd o mewn gwirionedd. Hmmm, meddyliodd, falla'n wir fod gan nain Derwyn bwynt wrth gwyno cymaint am y lle.

Yna edrychodd i fyny at y to.

Ac edrych...

... ac edrych.

Ar y to roedd pedair tylluan, yn sefyll mewn un rhes

ac yn hollol lonydd – bron fel petai rhywun wedi eu naddu a'u bod nhw'n rhan o'r to, fel y corn simdde.

Ond na – rhai byw oedden nhw. Gallai Fflori weld fod eu plu'n symud ychydig yn yr awel a chwythai dros y to, a theimlo'u llygaid yn ei dilyn wrth iddi hi nesáu at y bwthyn.

Roedd Derwyn yn iawn. Roedd rhywbeth od am y tylluanod.

Roedd drws y bwthyn yn llydan agored, ond ni ddeuai'r un smic o'r tu mewn. 'Helo?' meddai Fflori, gan roi cnoc ysgafn ar y drws. 'Helo?' Camodd i mewn dros y rhiniog. 'Derwyn?'

Roedd y bwthyn yn dawel.

'Helo?'

Daeth at ddrws y gegin ac edrych i mewn. Roedd Tom yn eistedd yno wrth y bwrdd, ei feddwl ymhell.

Ar y bwrdd o'i flaen roedd pentwr o amlenni brown, swyddogol iawn eu golwg. Biliau, meddyliodd Fflori: roedd hi wedi gweld ei mam yn derbyn digonedd o'r taclau i wybod beth oedden nhw.

Ond yr hyn a'i dychrynodd oedd y ffaith fod tad Derwyn yn crio. Hyd yn oed o'r drws gallai Fflori weld dagrau'n powlio i lawr ei wyneb. Heblaw am mewn ffilmiau neu ar raglenni teledu, doedd hi erioed wedi gweld dyn yn crio a rhythodd ar Tom mewn braw.

Ochneidiodd Tom yn uchel a chrwydrodd ei lygaid

draw at lle roedd Fflori'n sefyll yn y drws. Syllodd arni'n hurt am eiliad neu ddau, yna rhoes naid a bloedd uchel, fel petasai rhywun wedi gwthio nodwydd fawr boeth i mewn i'w ben ôl drwy waelod y gadair.

'Fflori!'

Roedd ei naid a'i floedd wedi gwneud iddi hithau neidio hefyd. Sgrialodd Tom i'w sefyll, wedi'i ffwndro'n lân. 'Argol fawr, hogan, w't ti'n trio rhoi blwming *heart-attack* i mi?'

'Sori!' meddai Fflori. Doedd hyn ddim yn deg iawn, teimlai, a hithau wedi curo a galw sawl gwaith.

Edrychodd Tom i lawr ar y bwrdd, yna symudodd yn gyflym nes ei fod o'n sefyll rhyngddi hi a'r pentwr biliau.

'Ma'n iawn... ma'n iawn, siŵr,' meddai. 'Fi ddyla ymddiheuro, am harthio fel'na arnat ti. Ond ro'n i'n bell i ffwrdd, yn bell, bell... Dw't ti ddim ar dy ben dy hun, w't ti?' Craffodd dros ben ac ysgwydd Fflori fel tasa fo'n hanner disgwyl fod Sharon a Dorothi yno hefyd, wedi ymguddio'n rhywle er mwyn cael neidio allan gan weiddi 'Bŵ!' a rhoi hartan arall iddo.

'Ydw...'

'O... reit...' Gwthiodd ei law drwy'i wallt. 'Dydi Derwyn ddim yma, cofia.'

'Be?'

Rhegodd Fflori wrthi'i hun. Doedd hi ddim wedi meddwl ffonio cyn dod. Dyna be dwi'n ei gael am gymryd pethau'n ganiataol, meddyliodd. 'Wedi mynd i dŷ'i nain mae o?'

'Y? O… na, na…' Taflodd Tom edrychiad euog i gyfeiriad y biliau ar y bwrdd. 'Na, mond wedi piciad allan am dro. Fydd o ddim yn hir, os w't ti isio gwitshiad amdano fo? Mi wna i banad i ni'n dau rŵan.'

Er nad oedd hi'n awyddus iawn i grwydro drwy'r goedwig ar ei phen ei hun, roedd hyd yn oed hynny'n apelio'n fwy nag aros yma yng nghwmni dyn a oedd yn crio funud ynghynt.

Felly meddai Fflori, 'Na – ma'n iawn, diolch. Mi a' i ar ei ôl o.'

'Ti'n siŵr, rŵan?'

Ond roedd Fflori wedi hen gychwyn allan. 'Ydw, diolch. Ta-ra!'

Brysiodd o'r bwthyn, wedi llwyr anghofio am y tylluanod a welodd hi ar y to'n gynharach. Wrth gychwyn ar hyd prif lwybr y goedwig, fodd bynnag, cofiodd amdanyn nhw.

Trodd ac edrych yn ôl.

Erbyn hyn roedd chwe thylluan yn sefyll ar ben y to, pob un ohonyn nhw'n syllu ar Fflori wrth iddi droi eto a brysio i mewn i'r goedwig.

Pennod 19

Daeth Derwyn o'r diwedd at ei hoff le, llecyn yng nghanol y goedwig. Ac yng nghanol y llecyn, gorweddai boncyff mawr – rhan o hen dderwen – a edrychai bron fel bwrdd.

Dringodd Derwyn i fyny arno ac eistedd. Roedd brith gof ganddo o'i fam, flynyddoedd yn ôl, yn ei godi a'i roi i eistedd ar y boncyff hwn, fel brenin bach tew (oedd, roedd adeg pan oedd Derwyn yn dew!) a dweud, 'Derwyn ar y dderwen!'

Doedd o ddim wedi meiddio â dweud hyn wrth ei dad, nac wrth ei nain, ond weithiau, hyd yn oed ar ôl yr holl flynyddoedd, wrth eistedd ar y boncyff, byddai'n taeru'i fod o'n gallu clywed llais ei fam, yn fain ar y gwynt, yn dweud, 'Derwyn ar y dderwen!' unwaith eto.

Ond nid heddiw.

Fel arfer, roedd o'n gallu cofio'i fam yn well pan oedd o yn y goedwig. Mae'n siŵr fod hyn oherwydd eu bod nhw wedi treulio cymaint o amser efo'i gilydd yma dan y coed pan oedd Derwyn yn fach.

Ond doedd ganddo nemor ddim cof ohoni gartref yn y bwthyn. Soniodd am hyn wrth ei nain un tro.

'Dwi ddim yn synnu, wir,' oedd ateb Rhiannon. 'Roedd hi allan ym mhob tywydd, yn byw ac yn bod yn yr hen goedwig yna. Roedd hi wedi gwirioni ar y lle, dy fam druan.'

Roedd ei fam wedi gwirioni ar y bwthyn, hefyd, gwyddai Derwyn. Roedd hi wedi syrthio mewn cariad efo'r hen dŷ bach hyll, rhyfedd hwn o'r eiliad cyntaf iddi daro llygad arno fo.

Teimlodd Derwyn yr hen chwydd annifyr hwnnw'n codi yn ei wddf unwaith eto wrth i'w lygaid bistyllio dagrau.

'Lle dach chi?!' gwaeddodd, a thawelodd y goedwig o'i gwmpas. 'Pa hawl oedd gynnoch chi i farw? Dydi o ddim yn deg! Pa hawl sy gynnoch chi i ddŵad yn ôl?'

Swniai ei lais yn uchel iawn, a sylweddolodd Derwyn mor ddistaw oedd y goedwig erbyn hyn. Yn annaturiol o ddistaw. Fel petai'r goedwig gyfan yn gwrando'n astud ac yn dal ei gwynt. Pesychodd Derwyn er mwyn gallu clywed *rhywbeth*, gan ddychryn colomen wyllt gyda'r sŵn. Roedd fflapian ei hadenydd ym mrigau'r coed fel sŵn rhywun yn curo dwylo mewn neuadd wag.

Faint o'r gloch oedd hi, tybed? Edrychodd ar ei wats...

... ac edrych eto. A rhegi. Doedd y bys eiliadau ddim yn symud o gwbwl.

Mae'n rhaid fod angen batri newydd arni, meddyliodd. Yna rhythodd wrth i ddiferyn tew, gwlyb a choch syrthio ar gefn ei law. Ar yr un pryd, teimlodd rywbeth gwlyb a chynnes yn llifo dros y croen rhwng ei drwyn a'i geg.

Roedd ei drwyn yn gwaedu.

Neidiodd oddi ar y boncyff a thyrchu ym mhoced ei jîns am ei hances. Hances wen oedd hi, ac wedi iddo ei dal dan ei drwyn edrychai'r gwaed a oedd drosti yn gochach na choch.

Daliodd ei ben yn ôl gan binsio'r croen dros ran uchaf ei drwyn. Doedd o byth bron yn cael gwaedlin fel hyn. Roedd rhywfaint o'r gwaed wedi llifo i mewn i'w geg cyn iddo fedru'i rwystro a gallai Derwyn ei flasu ar ei dafod a'i wefusau, blas fel hen geiniogau.

Beth ar wyneb y ddaear oedd yn digwydd? Ei wats yn marw, ei drwyn yn pistyllio gwaedu, y goedwig yn annaturiol o dawel…

Na.

Doedd y goedwig ddim yn annaturiol o dawel erbyn hyn. Os rhywbeth, roedd hi'n annaturiol o swnllyd, oherwydd o bob cyfeiriad o gwmpas Derwyn deuai synau crensian…

… a rhygnu…

… a chrafu…

… a gwichian…

… a phan drodd Derwyn yn wyllt ac edrych o'i

gwmpas, cafodd yr argraff fod y coed wedi symud yn nes ato...

... a'u bod nhw'n plygu ac yn gwyro, y brigau uchaf yn is ac yn nes at Derwyn ac yn dal i ddod amdano, yn plygu a gwyro, i lawr ac yn eu blaenau – yn moesymgrymu, bron, a'u brigau'n ymestyn yn nes ac yn nes ato, fel petaen nhw'n...

... fel petaen nhw'n ceisio llyfu'r gwaed oddi ar ei hances boced.

'Na!'

Gwthiodd Derwyn ei hances yn ôl i'w boced a throi i chwilio am y llwybr. Ond roedd y coed fel petaen nhw wedi closio at ei gilydd oherwydd ni fedrai weld y llwybr yn unman.

Trodd yn wyllt i bob cyfeiriad. Ble roedd o? Ac roedd y synau crensian...

... a rhygnu...

... a chrafu...

... a gwichian...

... yn tyfu'n uwch ac yn uwch, a brigau uchaf y coed yn dod yn nes ac yn nes ato a syrthiodd Derwyn ar ei liniau oherwydd roedd y ddaear wedi symud o dan ei draed, wedi codi a disgyn yn ôl fel y llawr mewn castell bownsio.

'Na!' gwaeddodd Derwyn eto, a'i ddwylo wedi'u gwasgu dros ei glustiau a'i lygaid wedi'u cau'n dynn. 'Naaaa!!'

Sylweddolodd fod ei lais yn swnio'n uchel, a bod y synau crensian a rhygnu a chrafu a gwichian wedi peidio'n gyfan gwbl.

Agorodd ei lygaid...

Pennod 20

Gwelodd Fflori'n gwyro drosto, ei hwyneb yn wyn gyda braw a'i llygaid duon yn fawr ac yn grwn yn ei phen.

'Fflori?'

Gallai weld gwefusau Fflori'n symud, ond chlywodd o'r un gair.

'Be?'

Cydiodd Fflori yn ei arddyrnau a thynnu'i ddwylo oddi ar ei glustiau.

'Derwyn, be sy wedi digwydd i ti? Be sy'n bod?'

Oedd yr hogan yn gall? Oedd hi hefyd yn ddall, ac yn fyddar? Doedd hi ddim yn amlwg be oedd yn bod?

Cododd Derwyn ac edrych o'i gwmpas. A rhythu'n gegagored, oherwydd roedd popeth fel y dylai fod unwaith eto. Roedd y ddaear o dan ei bengliniau'n solet a llonydd, diolch byth, ac wedi rhoi'r gorau i ymddwyn fel llawr castell bownsio neu fatres ar wely simsan. Gallai weld y llwybr yn glir o'i flaen unwaith eto, a'r coed...

'Be w't ti wedi'i neud i dy drwyn?' gofynnodd Fflori.

'Y? O...'

Cyffyrddodd Derwyn â'i drwyn a theimlo'r gwaed wedi sychu a chremstio o gwmpas ei ffroenau.

'Mi ddaru o ddechra gwaedu,' meddai. 'Am ddim rheswm…' Edrychodd ar ei wats a gweld fod y bys eiliadau'n troi'n ufudd.

Teimlai ei goesau'n wan a phwysodd ei law yn erbyn y boncyff. Roedd y pren yn wlyb ac yn… yn… sticlyd, rywsut, fel wyneb bwrdd ar ôl i rywun golli te neu goffi drosto.

'Derwyn!' sgrechiodd Fflori.

Daeth Derwyn yn agos iawn at neidio fel ysgyfarnog. 'Be? Yli – wnei di plis beidio â sgrechian?!'

Ond roedd Fflori'n pwyntio at ei law, y llaw a oedd yn gorffwys ar y boncyff.

Edrychodd Derwyn arni. Roedd hi'n goch efo gwaed.

'Derwyn – drycha!'

Roedd Fflori'n pwyntio at y boncyff. Neidiodd Derwyn oddi wrtho gyda bloedd uchel. Roedd y boncyff yn gwaedu. Roedd y gwaed yn llifo ohono, i lawr ei ochrau ac i mewn i'r ddaear, fel sbwnj mawr coch yn chwysu gwaed.

'Derwyn, be sy'n digwydd yn y lle 'ma?' meddai Fflori.

'Dwi ddim… dwi ddim yn gwbod.'

Rhythodd y ddau ar ei gilydd, ac wrth iddo syllu arni, gwelodd Derwyn ddwy ffrwd goch yn llifo o ffroenau Fflori. Gwelodd Fflori ef yn rhythu a chododd ei bysedd i'w thrwyn.

'Ty'd!'

'Be?'

'Ty'd!'

Cydiodd Derwyn yn ei llaw a rhedeg o'r llecyn gan lusgo Fflori ar ei ôl. Ond cyn gynted ag y cyffyrddodd eu traed â'r llwybr, dechreuodd hwnnw symud oddi tanynt – fel petai'n garped hir o fwsog a bod rhywun wedi ei godi gerfydd ei ben pellaf a'i ysgwyd er mwyn iddyn nhw syrthio oddi arno.

Syrthiodd y ddau ar eu hyd, ond sgrialodd Derwyn i'w draed yn syth a chydio ym mraich Fflori gan ei thynnu hithau i'w sefyll. Symudai'r ddaear oddi tanynt gan wneud iddyn nhw deimlo fel petaen nhw'n sefyll ar feri-go-rownd mewn ffair.

'Be ydi o – daeargryn?' gwaeddodd Fflori, ac wrth iddi weiddi, sylweddolodd Derwyn pam ei bod hi'n gwneud hynny – roedd y coed o'u cwmpas yn ysgwyd i gyd fel petai corwynt cryf yn ffrwydro trwyddyn nhw. Roedden nhw'n ysgwyd o ochr i ochr ac yn crynu, yna'n plygu ymlaen fel tasen nhw'n moesymgrymu cyn chwipio'u pennau'n ôl.

Fel petaen nhw'n perfformio rhyw hen, hen ddawns, ond â'u traed yn sownd yn y ddaear.

Trodd Derwyn i ailgychwyn rhedeg ar hyd y llwybr ond roedd y llwybr wedi diflannu unwaith eto. Edrychodd y ddau'n wyllt i bob cyfeiriad, ond doedd yna'r un golwg ohono.

Pa ffordd?

Symudodd rhai o'r coed a'r llwyni'n ôl oddi wrth ei gilydd gan greu llwybr newydd.

'Ty'd!'

Fflori'r tro hwn, yn dweud wrtho fo am ei dilyn hi. Ond arhosodd Derwyn yn stond lle roedd o.

'Brysia!' gwaeddodd Fflori, ond ysgydwodd Derwyn ei ben. Beth petai'r goedwig yn chwarae tric? Hen dric creulon a chas, yn eu camarwain i gychwyn ar hyd y llwybr newydd hwn ac yna cau'n ôl amdanyn nhw.

Gan eu brathu... a'u crafu... a'u cripio... a'u rhwygo'n ddarnau...

'Derwyn, sgynnon ni ddim dewis! Ty'd!' sgrechiodd Fflori, gan gydio yn ei law a'i dynnu ar ei hôl.

Roedd hi'n iawn, doedd ganddyn nhw ddim dewis. Rhedasant ar hyd y llwybr â mwsog yn tyfu'n dew arno, ond roedd hwn yn wahanol, rywsut, i'r mwsog ar yr hen lwybr. Roedd hwn yn llawer mwy sbringlyd dan draed – bron fel petai'n eu helpu i redeg – a theimlai'r ddau bron iawn fel eu bod yn hedfan.

Yn hedfan dros garped gwyrdd ar hyd coridor brown-a-gwyrdd o bren ac o ddail, llwybr hollol syth, a'r coed yn symud yn ôl er mwyn iddyn nhw fedru gwibio heibio, eiliadau cyn i Fflori a Derwyn redeg yn syth i mewn iddyn nhw.

Ac wrth i'r coed symud, cafodd y ddau gipolwg ar... ar wynebau... wynebau yn y pren. Hen, hen wynebau, yn hŷn ac yn fwy crychiog na'r un hen berson a welson nhw erioed. Wynebau â thalcenni a thrwynau a llygaid a chegau, yn eu gwylio'n ofalus a chraff wrth i Derwyn a Fflori wibio heibio iddyn nhw.

Yn hollol ddirybudd, daeth y llwybr i ben ac roedden nhw allan o'r goedwig, yn baglu ac yn syrthio'n bendramwnwgl fel dau berson wedi meddwi yn cael eu taflu allan o dafarn mewn ffilm gomedi.

Ac wrth iddyn nhw godi i'w heistedd, cawsant gip ar y coed yn cau'n ôl at ei gilydd wrth i'r llwybr ddiflannu o'u golwg yn llwyr.

Pennod 21

Roedd y goedwig wedi eu chwydu allan o'i pherfedd, ac erbyn i Derwyn a Fflori ddod atyn nhw'u hunain ddigon i fedru edrych o'u cwmpas yn iawn, gwelsant eu bod wrth droed Bryn-y-Garth lle roedd y goedwig yn tyfu hyd at waelod y llethr.

Edrychodd y ddau ar ei gilydd.

'Derwyn?' meddai Fflori. Roedd y gwaed dan ei thrwyn wedi sychu gan adael mwstás bach browngoch, ac roedd hi'n atgoffa Derwyn o rywun yn dynwared Hitler neu Charlie Chaplin. 'Lle ydan ni?'

'Bryn-y-Garth.'

'A lle ma'r bwthyn o fan 'ma?' gofynnodd Fflori.

Pwyntiodd Derwyn i'r chwith, tuag at ben pella'r goedwig.

'Reit,' meddai Fflori.

Cychwynnodd gerdded i fyny'r bryn. Dringodd Derwyn i'w sefyll.

'Lle ti'n mynd?'

Arhosodd Fflori, gan droi ac edrych i lawr arno. 'Os w't ti'n meddwl, am un eiliad, 'mod i am gerddad yn ôl drwy'r goedwig, mi gei di feddwl eto,' meddai.

Trodd oddi wrtho ac ailgychwyn i fyny'r bryn.

Ochneidiodd Derwyn. Teimlai'n flin tuag at y goedwig – fel petai'r goedwig wedi ei fradychu mewn rhyw ffordd ryfedd, ac yntau wedi treulio blynyddoedd yn achub ei cham drwy ddadlau nad oedd unrhyw beth crîpi amdani.

Ond roedd hi'n ymddangos fod pawb arall yn iawn wedi'r cwbwl.

Gan deimlo'n ofnadwy o ddigalon, dilynodd Derwyn gamau penderfynol Fflori i fyny Bryn-y-Garth.

Yn wir, roedd camau Fflori mor benderfynol, roedd yn rhaid iddi eistedd i lawr ar gopa'r bryn i gael ei gwynt yn ôl. Cyrhaeddodd Derwyn rhyw bum munud wedyn.

Bu tawelwch rhwng y ddau am rai munudau, yna meddai Derwyn: 'Dydi o rioed wedi digwydd o'r blaen, 'sti, Fflori. Onest.'

'Be oedd o, Derwyn, w't ti'n gwbod? Be'n union ddigwyddodd?' meddai Fflori.

Ysgydwodd Derwyn ei ben. 'Dwi ddim yn gwbod.'

'Ond… welist ti nhw, yn do?' meddai Fflori. 'Ar y coed… yn y pren. Rhyw hen wyneba hyll…'

Ochneidiodd Derwyn eto. 'Do,' meddai. 'Do, mi welis i nhw.'

Gweld pob coedwig fel y ma hi go iawn, meddyliodd

Fflori. Dyna beth oedd yn codi ofn ar ei hen nain... a rŵan mae o wedi digwydd i mi!

Yn awr, o ben y bryn ac wrth edrych i lawr ar y coed, edrychai'r goedwig fel coedwig hollol gyffredin – llyn mawr o ddail gwyrddion. A'r awel fechan yn chwythu drwy'i gwallt, roedd yr holl brofiad yn teimlo fel breuddwyd cas i Fflori, a dim byd mwy na hynny.

Ond na, meddyliodd, roedd o *wedi* digwydd!

Ac wrth iddi feddwl hyn, daeth sŵn uchel o gyfeiriad y goedwig oddi tanynt. Sŵn fel petai llond cae pêl-droed o bobol – Old Trafford neu Anfield neu Wembley – yn curo'u dwylo, i gyd ar yr un pryd. Wrth iddyn nhw droi ac edrych i lawr ar y goedwig, cododd cwmwl anferth o'r coed.

'O – be rŵan?' meddai Fflori. 'Derwyn, be ydi hwnna?!'

Rhythodd Derwyn yn gegagored. Yna meddai:

'Adar... adar ydyn nhw!'

Roedd o'n iawn hefyd, gwelodd Fflori. Ymestynnai'r cwmwl mawr o un pen y goedwig i'r llall – holl adar y goedwig yn codi yn un cwmwl a agorai fel ymbarél anferth wrth i'r adar ddringo'n uwch ac yn uwch cyn hedfan nerth eu hadenydd i bob cyfeiriad, fel petaen nhw ar frys mawr i gael dianc o'r goedwig.

Syrthiodd rhyw lonyddwch annaturiol dros y goedwig.

Yna dechreuodd y coed symud, a'r môr o ddail

ysgwyd a byrlymu fel petai yna rywbeth anferth am godi ohono. Rhedodd cryndod rhyfedd drwy'r coed, o un pen i'r llall ac yn ôl wedyn, yn ôl ac ymlaen, drosodd a throsodd. Meddyliodd Derwyn am dyrfa anferth yn gwneud *Mexican wave*.

Neidiodd a rhoi bloedd o boen wrth i Fflori gydio'n sydyn yn ei fraich a'i hewinedd yn tyllu i mewn i'w groen.

'Derwyn...' meddai Fflori. 'Derwyn... drycha... *drycha!*'

Roedd ei llygaid wedi'u hoelio ar y goedwig, ac edrychodd Derwyn i lawr ati mewn pryd i weld wyneb mawr gwyrdd yn ymddangos yng nghanol y dail – wyneb dyn gyda locsyn sgraglyd, gwyrdd a dau gorn yn tyfu ar ei gorun.

Syllodd y Dyn Gwyrdd ar y ddau, yno ar y bryn.

Yna suddodd yn ei ôl yn dawel i ganol y dail.

Pennod 22

Ydych chi erioed wedi cael y teimlad fod rhywun yn eich casáu?

Roedd Sharon yn teimlo hynny o'r eiliad iddi ddringo allan o'i char y tu allan i'r bwthyn. Yn wir, roedd y teimlad mor gryf, rhaid oedd iddi ei hatal ei hun rhag mynd yn ôl i mewn i'r car a gyrru i ffwrdd.

Edrychodd o'i chwmpas gan ddisgwyl gweld rhywun yn sefyll yno'n gwgu arni, ond doedd neb yno. Rhoes glep uchel i ddrws y car, a neidio wrth i sŵn ddod o'r goedwig. Adar, meddyliodd, yn hedfan i ffwrdd mewn braw wrth i mi gau'r drws.

Trodd at y bwthyn. Dwi'n dallt rŵan pam mae Rhiannon yn lladd ar y lle drwy'r amser, meddyliodd Sharon. Mae rhywbeth... annifyr amdano. Rhwbiodd ei breichiau wrth fynd i mewn drwy'r giât wichlyd. Roedd hi'n teimlo'n oer iawn mwyaf sydyn.

'Haia, Shaz.'

Neidiodd Sharon eto fyth. Argol, dwi ond wedi bod yma am funud, os hynny, meddyliodd, a dwi'n nerfau i gyd yn barod. Tom oedd yno, wrth gwrs, yn sefyll yn nrws y bwthyn.

'Oes unrhyw olwg ohonyn nhw?' gofynnodd Sharon.

Ysgydwodd Tom ei ben. 'Ar fin cychwyn i chwilio amdanyn nhw ro'n i pan ffoniaist ti,' meddai.

Bu Sharon yn corddi ers iddi siarad â Tom ar y ffôn ddeng munud ynghynt. 'Gad i mi weld os dwi wedi dallt hyn yn iawn,' meddai. 'Mi wnest ti adael i Fflori fynd i'r goedwig ar ôl Derwyn – ar ei phen ei hun? Be oedd ar dy ben di, ddyn?'

Gwelodd Sharon y dymer gwallt coch yn fflachio drwy lygaid Tom.

'Be oeddat *ti'n* ei neud pan aeth hi allan o'r fflat, Sharon?' gofynnodd.

Aw! meddyliodd Sharon. Cysgu oedd yr ateb, wrth gwrs, ond doedd hi ddim am ddweud hynny wrth Tom, nag oedd? Trodd am y goedwig.

'Ty'd, mi awn ni ar eu holau nhw…' meddai, ond rhoes Tom ei law ar ei braich.

'Hei! Be w't ti'n feddwl…?' cychwynnodd, ond roedd Tom yn edrych heibio iddi, i gyfeiriad y ffordd fawr.

Trodd Sharon.

Roedd Derwyn a Fflori'n dod tuag atyn nhw.

Edrychodd Fflori'n hurt ar ei mam. Be goblyn oedd hi'n ei wneud ar ei thraed ar fore Sul?

'Dwi'n synnu atat ti, Derwyn,' meddai Tom. 'Rw't ti'n un da am gadw amsar fel arfar. Be aeth o'i le heddiw?'

'Be dach chi'n feddwl? Dwi ddim wedi bod allan am...'

Edrychodd Derwyn ar ei wats.

Ac edrychodd eto. Edrychodd Fflori ar ei wats hithau.

Deng munud wedi tri, meddai'r ddwy wats.

Yna dechreuodd y dwrdio.

Ond efallai nad oedd o cynddrwg ag y gallai fod: wedi'r cwbwl, roedd Tom a Sharon yn teimlo'n ddigon euog eu hunain.

Roedd Derwyn a Fflori – rywsut – wedi colli tair awr o leiaf. Digon o amser i Sharon fod wedi codi, cael cawod a brecwast a dechrau poeni am Fflori. A phoeni'n fwy ar ôl ceisio ffonio Fflori droeon ar ei ffôn symudol. Dim ond pan ffoniodd Sharon Tom y deallodd nad oedd yr un mobeil erioed wedi gweithio yma wrth y goedwig – gormod o goed, meddai Tom.

Roedd pennau Derwyn a Fflori'n dal i droi, wrth reswm, ar ôl popeth a ddigwyddodd y bore hwnnw. A rŵan – hyn! Doedd bosib eu bod nhw wedi bod allan cyhyd!

O'r diwedd, dechreuodd y dwrdio ddirwyn i ben,

gyda Sharon yn ymddiheuro i Tom am Fflori, tra oedd Tom yn brysur yn ymddiheuro i Sharon am Derwyn.

Torrodd Fflori ar eu traws. 'Ga i ddefnyddio'r tŷ bach, plis?'

Edrychodd Tom arni. 'Be? O. Cei, siŵr. Dangos iddi lle mae o, Derwyn, wnei di?'

Aeth y ddau i mewn i'r bwthyn.

'W't *ti'n* dallt be ddigwyddodd? Efo'r amsar, a... a bob dim?' gofynnodd Derwyn.

Ysgydwodd Fflori ei phen. 'Nac 'dw. W't ti?'

'Nac 'dw,' atebodd Derwyn. 'Ond mae gormod o lawar o betha od wedi bod yn digwydd yn ddiweddar.'

Aeth Derwyn i'w ystafell wely tra oedd Fflori yn y tŷ bach. Roedd cwestiwn ei dad yn bowndian y tu mewn i'w ben.

Be aeth o'i le? gofynnodd Tom.

Hyd y gwelai Derwyn, yr ateb syml oedd: Popeth.

Roedd y byd i gyd wedi mynd o'i le, teimlai. Fel tasa llaw anferth wedi rhoi waldan iddo, nes iddo lithro oddi ar ei echel.

A sôn am bethau anferth...

Estynnodd y bluen o'r drôr – gan hanner disgwyl na fyddai hi yno, y byddai hi wedi diflannu mewn rhyw ffordd ryfedd: fyddai dim byd yn ei synnu, bellach.

Roedd o wedi dweud wrth Fflori am y dylluan fawr wen wrth iddyn nhw gerdded i lawr Bryn-y-Garth ond, yn awr, doedd y bluen ddim yn edrych yn ddramatig iawn. Doedd hi ddim mor wyn ag yr oedd hi'n gynharach heddiw, fel petai hi wedi troi'n llwyd yn y drôr. Ac oedd hi wedi mynd ychydig yn llai, hefyd?

'Honna ydi'r bluen?' gofynnodd Fflori o'r drws.

Doedd Derwyn ddim wedi'i chlywed hi'n dod allan o'r tŷ bach.

'Ia,' atebodd.

Daeth Fflori i mewn i'r ystafell a'i llygaid yn neidio i bob man. 'Ti'n lwcus, ma dy stafall di'n fwy o lawar na f'un i.'

Aeth at y silff lyfrau a dechrau darllen y teitlau.

'Dim un Harry Potter, sori,' meddai Derwyn.

'Maen nhw i gyd gen i, beth bynnag.' Drwy'r ffenestr gallai weld ei mam, a thad Derwyn. Roedd ei mam yn edrych yn ofalus ar law Tom.

Trodd Fflori o'r ffenestr a syllu ar y bluen. 'Ga i ddangos honna i Nain?'

'Dy nain?'

'Plis? Ma hi'n… ysti…'

Ffrîc? meddyliodd Derwyn. Od? Dyna'r geiriau roedd o wastad wedi eu defnyddio wrth feddwl am Dorothi – ac wrth ei disgrifio wrth bobol eraill hefyd, ond y tu ôl i gefn Fflori, wrth gwrs.

'Ma hi'n gwbod llawar am betha od,' meddai Fflori.

Wel, penderfynodd Derwyn, ar ôl pob dim sy wedi bod yn digwydd yn ddiweddar, falla mai nain Fflori fyddai'r person callaf i gael golwg ar y bluen.

'Plis?' meddai Fflori eto, gan ddal ei llaw allan.

Rhoddodd Derwyn y bluen yn ei llaw.

Pennod 23

Yn y car ar eu ffordd adref, gofynnodd Sharon: 'W't ti'n iawn?'

Roedd wyneb Fflori'n wyn, a doedd hi ddim wedi dweud yr un gair ers iddyn nhw adael y bwthyn.

'Ydw, ydw,' atebodd.

Roedd hen bluen fawr hyll ganddi ar ei glin, ac roedd Fflori'n ei throi a'i throsi rhwng ei bysedd.

'Pam w't ti isio ryw hen beth hyll fel'na?' gofynnodd Sharon.

'Be? O – ei ffeindio hi ar ben Bryn-y-Garth wna'thon ni.'

Ond y gwir amdani oedd mai prin roedd Fflori wedi sylwi fod y bluen ganddi o hyd. Roedd Derwyn a hi wedi mynd i lawr i'r ystafell fyw, ac roedd sylw Fflori wedi cael ei gipio gan dri llun mewn fframiau ar y seidbord.

Llun ysgol diweddaraf Derwyn oedd un ohonyn nhw. Roedd o'n gwenu'r wên fwyaf annaturiol a welodd Fflori erioed. Petai hi mewn gwell hwyliau, byddai Fflori wedi tynnu'i goes am wenu mewn ffordd mor gyfoglyd.

Y llun nesaf oedd un o Rhiannon ac Arthur, taid

Derwyn – gyrrwr lorïau a gafodd ei ladd mewn damwain ffordd flynyddoedd yn ôl, cyn i Derwyn gael ei eni. Roedd y ddau'n eistedd wrth fwrdd caffi mewn gwlad dramor, boeth, yn dal diodydd lliwgar ac yn gwenu fel giatiau.

Ond y trydydd llun a wnaeth i Fflori deimlo'n oer drosti a theimlo fel bod gwallt ei phen yn codi.

Llun priodas Tom a Mari, mam Derwyn. Roedd Tom mewn siwt – ac yn edrych yn anghyfforddus iawn ynddi – ond edrychai Mari fel petai ar fin cymryd rhan mewn dawns flodau mewn eisteddfod. Yn hytrach na ffrog wen, draddodiadol, gwisgai un werdd, laes at ei thraed, ac am ei phen gwisgai gylch o flodau gwyllt a dail.

Rhythodd Fflori ar wyneb Mari, oedd yn wên o glust i glust a'i braich wedi'i lapio'n dynn am fraich Tom.

'Na…' sibrydodd Fflori wrthi'i hun, heb sylweddoli ei bod hi'n gwneud hynny. 'Na…'

Oherwydd Mari, mam Derwyn, oedd y ddynes a welodd Fflori'n eistedd ar fainc y parc ddoe, wrth ochr Derwyn.

Pennod 24

Wedi i Fflori a'i mam fynd, trodd Tom a Derwyn yn ôl am ddrws y bwthyn. Edrychodd Derwyn i fyny ar y to.

'Be sy?' gofynnodd Tom. 'Ar be w't ti'n edrach?'

Ac atebodd Derwyn, 'Dim byd.' Doedd yna'r un dylluan ar gyfyl y to erbyn hynny.

'Be ddigwyddodd i chi heddiw, felly?' meddai Tom.

Dwi ddim yn gwbod! meddyliodd Derwyn, a'r unig ateb y gallai ei roi i'w dad oedd, 'Mi ddaru amsar jyst… diflannu… i rywla, Dad.'

Cyn i Tom fedru dweud dim byd arall na holi dim rhagor arno, neidiodd y ddau wrth i gorn car ganu'n uchel. Troesant i weld car mawr BMW *top of the range* yn troi i mewn ac yn aros y tu allan i'r bwthyn.

'Pwy goblyn?' meddai Tom.

'Yncl Idris, falla?' cynigiodd Derwyn, a gwgodd Tom.

'O'r argol, paid â deud…' Dechreuodd wyneb Tom gochi. 'Dy nain, mi fetia i di ganpunt! Dy nain sy wedi gofyn iddo fo ddŵad draw i drio fy mherswadio i symud allan o'r bwthyn. Wel, mi gaiff o wbod lle i fynd, brawd ne beidio…'

Ond nid Yncl Idris a ddringodd allan o'r car ond dyn ifanc mewn siwt. Dyn tew iawn. Fel corcyn yn dod allan o geg potel.

Jasper Jenkins.

Ac roedd o'n gwenu fel giât.

Y fo oedd yr unig un i wenu. 'Dwi ddim yn leicio golwg y bwbach,' oedd sylw Tom. 'W't ti?'

Ysgydwodd Derwyn ei ben.

'Ma dynion mewn siwtia wastad yn newyddion drwg,' ychwanegodd Tom. 'Dyma i chdi air o gyngor, Derwyn – paid byth â thrystio rhywun sy'n gwisgo siwt i'w waith.' Ochneidiodd. 'Wel, aiff o ddim o 'ma nes ei fod o wedi ca'l deud be mae o isio, mwn.'

Efallai fod Jasper yn wên o glust i glust, ond doedd o ddim yn teimlo fel gwenu. Doedd dim golwg groesawgar iawn ar y dyn gwallt coch hwn. Yn wir, roedd o'n gwgu ar Jasper fel tasa fo'n ei gasáu â chas perffaith.

Wel, meddyliodd Jasper, ymhen rhyw bum munud mi fydd hwn yn wên o glust i glust hefyd – y fo a'r hogyn surbwch-ei-olwg sydd efo fo. Hogyn a edrychai yn afiach o denau, a dydi Jasperiaid y byd yma ddim yn hoffi pobol denau rhyw lawer.

'Alla i eich helpu chi?' gofynnodd Tom.

Chwarddodd Jasper yn uchel. Hen chwerthiniad ffug, meddyliodd Derwyn, fel tasa'r dyn yn trio dynwared ceffyl yn gweryru.

'*Au contraire!*' meddai Jasper.

Rhythodd Tom arno fo.

'Y… i'r gwrthwyneb,' eglurodd Jasper.

'Dwi'n gwbod be ma *au contraire* yn ei feddwl,' meddai Tom. 'Dwi ddim yn ddwl, dallta.'

O-o! meddyliodd Jasper. Doedd hynna ddim yn ddechrau da iawn. Gallai deimlo'i wên yn llithro, a gwnaeth ei orau i'w hachub.

'Fi sydd â'r gallu i'ch helpu *chi*, syr!' meddai. 'Gadewch i mi gyflwyno fy hun. Dyma fy ngherdyn.'

Gwnaeth sioe fawr o dynnu cerdyn o boced ei siwt a'i gynnig i Tom.

Ond gwrthododd Tom ei gymryd. Yn hytrach, roedd o'n sbio ar gerdyn Jasper fel tasa fo'n chwarae efo'r syniad o boeri arno. Llithrodd gwên Jasper ychydig mwy. Ar ben hynny, teimlai fod rhywun y tu ôl iddo, yn ei wylio, ond pan drodd ac edrych dros ei ysgwydd, doedd neb na dim yno.

Dim ond y goedwig.

Pan drodd yn ei ôl, roedd Tom yn ysgwyd ei ben. 'Waeth i ti heb, dwi ddim isio prynu unrhyw beth, diolch.'

Bref arall o chwerthin ffug gan y dyn ifanc. Dwi

ddim yn hoffi hwn o gwbwl, meddyliodd Derwyn. Mae o'n rhy... wel, yn rhy binc. Ac mae'i hen lygaid bach o'n hollol oer, er gwaetha'r ffaith ei fod o'n gwenu a chwerthin.

'Wedi dod yma i brynu rydw i,' meddai Jasper. 'Nid i werthu.'

Edrychodd dros ei ysgwydd unwaith eto i gyfeiriad y goedwig ac, am eiliad, meddyliodd Derwyn, edrychai'n reit nerfus.

Fel tasa'r goedwig yn codi ofn arno.

'Ydi hi'n bosib i mi gael dod i mewn?' gofynnodd y dyn, gan edrych eto fyth i gyfeiriad y goedwig.

Meddyliodd Derwyn am eiliad fod ei dad am wrthod, ond roedd o'n ei adnabod yn ddigon da bellach – gallai weld wyneb Tom yn newid wrth iddo ailystyried. Efallai fod y dyn angen rhywun i beintio a phapuro ei gartref – dyna beth a redai drwy ei feddwl. Ac roedd yn amlwg fod digonedd o arian ganddo, os oedd o'n gallu fforddio gyrru o gwmpas y lle mewn car BMW newydd sbon.

Er nad oedd o'n hollol hapus ynglŷn â'r peth, nodiodd Tom a throi at y bwthyn, cyn datgloi ac agor y drws a gwahodd Jasper Jenkins i mewn i'w gartref.

Pennod 25

Ddeng munud yn ddiweddarach, doedd yna'r un smic i'w glywed y tu mewn i'r bwthyn.

Roedd Jasper Jenkins wedi dweud ei ddweud. Unrhyw eiliad rŵan, meddyliodd, bydd y dyn Tomos Williams yma'n neidio o'i gadair yn gwenu fel giât.

Ond doedd yna'r un wên yn agos i wyneb Tom. *Au contraire*, fel y basa Jasper yn ei ddweud.

Os rhywbeth, roedd Tom yn gwgu ar Jasper.

Be goblyn oedd yn bod ar y dyn anniolchgar? Roedd cynnig Richard Collins yn un hael iawn. Meddyliodd Jasper am y tro diwethaf iddo wneud cynnig o'r fath – i ddyn o'r enw Edward Jones, clamp o ffermwr gyda locsyn mawr du. Roedd Edward Jones wedi rhuthro am Jasper a phlannu hymdingar o sws glec ar ei dalcen. Fel cael sws gan Bigfoot, meddyliai Jasper bob tro y cofiai am Edward Jones.

O'r diwedd, edrychodd Tom i fyny. Nid ar Jasper Jenkins, ond ar Derwyn.

'Derwyn,' meddai.

'Ia?'

'Wnei di ffafr â mi?'

'Be?'

'Mynd at y ffenestr.'

Ar ôl edrych yn od ar ei dad, croesodd Derwyn at y ffenestr.

'Reit,' meddai Tom, 'deud wrtha i rŵan be sy i'w weld yn yr ardd.'

Edrychodd Derwyn allan. 'Mond yn yr ardd, ia?'

'Os gweli di'n dda.'

'Y… blodau. Cennin Pedr, y rhan fwya. Biniau sbwriel ac ailgylchu. Glaswellt… a… y… wel, dyna'r cwbwl, dwi'n meddwl.'

'Oes yna arwydd mawr yno, yn deud fod y tŷ ar werth?'

Deallodd Derwyn. 'Nag oes,' gwenodd.

'W't ti'n siŵr, rŵan?'

'Yn hollol siŵr!'

'Ffiw!' meddai Tom. 'Ro'n i'n dechrau meddwl fy mod i'n mynd yn ddall.' Edrychodd ar Jasper Jenkins, â'i wên bron â diflannu'n llwyr erbyn hyn. 'Dydi'r bwthyn ddim ar werth. Nid i ddyn fel Richard Collins.'

'Be?!'

Doedd Jasper ddim wedi disgwyl hyn, wrth gwrs, na Derwyn chwaith. Rhythodd yn gegagored ar ei dad. Roedd y pris a gynigiodd Jasper am y bwthyn yn un uchel iawn, yn nhyb Derwyn. Gallai Tom dalu'r holl filiau, a thrwsio'i fan – prynu fan newydd sbon, hyd yn oed – a phrynu tŷ newydd yn y dref.

'Ond… ond…' Roedd wyneb Jasper yn biws

erbyn hyn. 'Mae cynnig Mr Collins yn un hael iawn.' Edrychodd o'i gwmpas. 'Yn enwedig am ryw… ryw… hofal fel hwn!'

O, diar.

Camgymeriad.

Caledodd wyneb Tom.

'Hofal…' meddai.

Llyncodd Jasper Jenkins ei boer. Neu o leiaf, mi wnaeth ei orau: roedd ei geg yn hollol sych mwyaf sydyn. Ac o gyfeiriad y gadair deuai cyfres o synau bach distaw, fel rhywun yn sibrwd y llythyren 'p' drosodd a throsodd.

Rhythodd Derwyn arno. Oedd y sglyfath yn rhechu?

'Hofal,' meddai Tom eto.

'Ond… ond hofal *neis!*' crawciodd Jasper, cyn sylweddoli ei fod o newydd wneud y sefyllfa'n waeth fyth. Sgrialodd i'w draed, a meddyliodd Derwyn am eiliad ei fod o wedi rhwygo'i drowsus: daeth rhyw sŵn fel clwt yn rhwygo o gyfeiriad ei ben ôl anferth.

Yna cododd yr oglau.

Petaech chi'n gallu gweld arogl, byddai rhywbeth tebyg i gwmwl melynwyrdd, ffiaidd yn hofran rhwng nenfwd yr ystafell a'r llawr.

Tro Tom oedd hi i rythu ar Jasper. Yna edrychodd ar Derwyn. 'Argol fawr!' meddai. 'Ydi'r mochyn yma yn…?'

Nodiodd Derwyn yn drist.

'Beth… beth tawn i'n cael gair efo Mr Collins? Synnwn i ddim os fasa fo'n gallu gwella ar y cynnig…' gwichiodd Jasper.

Yna gwnaeth Tom rywbeth dewr iawn: gwthiodd ei wyneb reit i fyny at wyneb Jasper. Dechreuodd hwnnw droi'n wyn. Hmmm, meddyliodd Derwyn – piws, pinc a gwyn. Mae o'n edrych fel rhyw hufen iâ egsotig…

… nes i sŵn fel peiriant tractor ddod o ben ôl Jasper, a gwaethygodd y drewdod: go brin fod yr un hufen iâ erioed wedi drewi fel hyn.

'Gwranda'r bwbach,' meddai Tom. 'Traffarth pobol fel y chdi a'r Mr Collins 'ma ydi hyn: dach chi'n meddwl mai arian ydi popeth. Ond sdim ots gen i faint o bres dach chi'n ei gynnig, dydi'r afiechyd Collins hwnnw ddim am gael dinistrio'r goedwig yma – a lladd y dre ar yr un pryd – er mwyn agor un arall o'i siopau uffernol! Mae yna ormod o lawar o'r *ghost towns* 'ma fel mae hi, diolch i Collins a'i fath!'

'Dydach chi ddim… dydach chi ddim yn sylweddoli be dach chi'n ei wneud!' gwichiodd Jasper. Baglodd yn ei ôl wysg ei gefn i gyfeiriad y drws. 'Dydi Mr Collins ddim yn un i gael ei wrthod…'

Cydiodd Tom yn Jasper gerfydd cefn ei goler, ei droi a'i fartsio allan o'r ystafell. 'Derwyn – agor y drws ffrynt, wnei di?'

Brysiodd Derwyn i ufuddhau, a chamu o'r ffordd

wrth i Tom wthio Jasper allan drwy'r drws. Baglodd Jasper a syrthio ar ei bedwar, gan edrych braidd fel hipopotamws bach piwis.

Ond roedd rhywbeth arall wedi cipio sylw Derwyn.

'Dad…' meddai.

'Rydach chi newydd wneud andros o gamgymeriad!' meddai Jasper wrth fustachu i'w draed. 'Arhoswch chi nes i Mr Collins glywed am hyn! Fydd o ddim yn hapus! A chredwch chi fi, dydi croesi Mr Collins ddim yn beth doeth. Fydd y person nesaf ddaw yma i'ch gweld chi ddim mor glên â fi! O, na fydd…'

'Dad!' meddai Derwyn yn siarp. 'Edrychwch…'

Roedd Derwyn yn edrych i gyfeiriad y giât. Trodd Tom yn ei ôl – ac ebychu'n uchel.

Trodd Jasper hefyd. Rhoes wich arall, a syrthio'n ôl i'w liniau.

Roedd car newydd sbon BMW, *top of the range* Jasper o'r golwg bron yn llwyr.

Dan dylluanod.

Dwsinau o dylluanod.

Pennod 26

Gwyddai Derwyn mai pum math o dylluan sydd ym Mhrydain: tylluan fach, tylluan glustiog, tylluan frech, tylluan gorniog a thylluan wen.

Roedd y pum math ar gar y dyn tew. Dros bob modfedd ohono, yn gymysg â'i gilydd i gyd. Hyd yn oed ar y ddau ddrych a ymwthiai o ochrau'r car: tylluan gorniog ar yr un wrth ddrws y gyrrwr a thylluan frech ar yr un wrth ddrws y teithiwr. Petaech chi wedi digwydd cerdded heibio i'r bwthyn ar y pryd, go brin y buasech chi'n sylweddoli fod car yno o gwbwl: dim ond twmpath o dylluanod.

Ac roedden nhw i gyd yn llonydd, llonydd, a phob un ohonyn nhw'n syllu a'u llygaid melyn a du ar Jasper Jenkins, oedd ar ei liniau a'i wyneb pinc bellach yn wyn. Roedd ei wefusau'n symud ffwl sbîd, ond ni ddeuai'r un gair allan rhyngddyn nhw. Yn wahanol iawn i gefn ei drowsus, wrth gwrs, a oedd rŵan yn dynwared injan beic modur pwerus.

Trodd ei ben a syllu ar Tom, gan edrych fel dyn a oedd yn gweddïo am ei fywyd.

'Plis…' meddai. 'Plis… gwnewch rywbeth!'

Yna, o'r goedwig, daeth sŵn annaearol.

Dechreuodd fel petai yna rywun yn dweud 'Sssshhhh' i mewn i feicroffon, ond tyfodd yn uwch ac yn uwch nes ei fod yn swnio'n fwy fel sgrech na dim byd arall. Trodd y tri a rhythu i gyfeiriad y goedwig, ond doedd dim byd i'w weld. Daeth y swn eto, ac eto, ac eto, yn uwch bob un tro. Roedd hyn yn ormod i Jasper Jenkins. Syrthiodd yn ei flaen nes ei fod o'n gorwedd ar ei hyd ar y llwybr efo'i freichiau wedi'u lapio a'u gwasgu'n dynn am ei ben. Gwnai synau crio uchel, ac roedd o'n gwingo'n erbyn y ddaear yn ffyrnig, gan wneud i Derwyn feddwl am falwoden neu bryf genwair anferth yn gwneud ei orau i wingo i mewn i'r pridd, o'r golwg.

Yna cododd y tylluanod i gyd ar yr un pryd; codasant oddi ar y car fel cwmwl mawr, tawel nes eu bod cyn uched â tho'r bwthyn, cyn troi yn yr awyr a hedfan i mewn i'r goedwig. Bu distawrwydd llethol am rhyw bum eiliad, yna, yn raddol, dychwelodd synau naturiol y goedwig fesul un – y golomen wyllt, y fwyalchen, y nico a'r titw, y ji-binc a'r llinos a choch y berllan.

Trodd Tom at Derwyn. 'Be… be ddiawl oedd y swn uffernol 'na?'

Ysgydwodd Derwyn ei ben – ond y gwir amdani oedd bod ganddo syniad reit dda beth oedd y swn. Ond sut ar wyneb y ddaear y gallai ddweud wrth ei dad mai aderyn oedd yn gyfrifol amdano? Swn tylluan wen oedd o: swn sydd yn gallu'ch dychryn chi, braidd, yn enwedig os ydych yn ei glywed am y tro cyntaf a hithau'n noson dywyll. Roedd Derwyn wedi clywed tylluanod gwyn cyffredin yn gwneud y sŵn yma droeon.

Ond nid tylluan wen gyffredin a wnaeth y sŵn arbennig hwn – o na! – ond anghenfil o dylluan, un a oedd yn ddigon mawr i'w hwyneb siâp calon lenwi ffenestr ei lofft, ac i fedru cofleidio'r bwthyn efo'i hadenydd.

Na, meddyliodd Derwyn, alla i ddim sôn am hynny wrth Dad, nid dyma'r amser. Ond doedd Tom ddim wedi disgwyl ateb, sylweddolodd. Roedd Jasper Jenkins yn dal i riddfan ac igian crio ar y llwybr o'u blaenau.

'Hoi!' meddai Tom. Pwniodd ef yn ysgafn â blaen ei droed. 'Ty'd. Maen nhw 'di mynd. Hei…'

Mentrodd Jasper godi'i ben. Oedd, roedd Tomos Williams yn dweud y gwir; roedd y sŵn ofnadwy wedi gorffen, roedd yr holl adar erchyll wedi diflannu ac o'i gwmpas doedd dim byd i'w weld ond noswaith braf o wanwyn, a dim i'w glywed ond synau diog yr adar yn y coed wrth i'r goedwig setlo am y noson.

Cododd yn sigledig ar ei draed. Roedd ei gar yn faw adar i gyd – edrychai fel petai rhywun sbeitlyd wedi tywallt sawl tun o baent melynwyn a melynfrown drosto.

Trodd ac edrych ar y dyn pengoch a'r hogyn tenau a safai'r tu ôl iddo.

'Be…?' meddai. 'B-b-b be…?'

Ysgydwodd y dyn ei ben. 'Jyst cer, 'nei di?' meddai wrtho. 'A phaid â thrafferthu dŵad yn ôl.'

Nodiodd Jasper Jenkins. Doedd ganddo'r un bwriad o ddod yn agos at y bwthyn hunllefus hwn eto. Hyd yn oed petai Richard Collins yn rhoi'r sac iddo… yn wir, teimlai Jasper fel dweud wrth Syr Richard lle i stwffio'i swydd.

Gyda'i hances boced, gwnaeth ei orau i sychu'r baw tylluanod oddi ar handlen drws ei gar. Dringodd i mewn, dan grynu trwyddo a throsto, a chychwyn yr injan. Wrth ddisgwyl i'r dŵr a'r weipars lanhau'r ffenestr flaen a'r un gefn, edrychodd arno'i hun yn y drych: gwelodd wyneb gwyn yn sgleinio â chwys.

O'r diwedd, roedd ei ffenestri'n ddigon glân iddo fedru gyrru'n ddiogel. Rhoes y car mewn gêr, a throdd i edrych am y tro olaf ar y bwthyn.

Roedd y tad a'r mab wedi mynd i mewn a chau'r drws. Yna cafodd Jasper gip ar rywun yn edrych i lawr arno drwy ffenestr un o'r llofftydd. Dynes ifanc, gyda gwallt brown, hir.

Ac roedd ei hwyneb yn wyn, wyn yn erbyn gwydr y ffenestr.

Hanner munud, meddyliodd Jasper, onid gŵr gweddw ydi Tomos Williams?

Wrth iddo feddwl hyn, gwenodd y ddynes arno ac aeth Jasper yn oer drosto.

'O na!' meddai.

Digon oedd digon.

Gyrrodd Jasper Jenkins o'r lle ofnadwy yma, gan wybod na fyddai'n gallu cysgu'n iawn am wythnosau lawer.

A'i fod wedi penderfynu dweud wrth Richard Collins lle i stwffio'i swydd.

Pennod 27

'Mae o'n flin heddiw, hogia,' meddai Robin Parri.

'Dwi ddim!' protestiodd Derwyn yn flin.

'W't, mi w't ti,' meddai Rhys Wyn. 'Yn flin fel tincar.'

Ochneidiodd Derwyn.

'Fel tincar sy newydd ennill y loteri, dim ond i ffeindio fod Mrs Tincar wedi rhedag i ffwrdd efo'r tincar drws nesa – ac wedi mynd â'r tocyn efo hi,' meddai Jason.

'Ia, ia – dyna chi,' meddai Derwyn.

Ond ei ffrindiau oedd yn iawn – roedd o *yn* flin. Doedd o ddim wedi cysgu'n dda iawn neithiwr. Gorweddodd yn ei wely'n disgwyl clywed un ai'r sŵn tc-tc-tc hwnnw ar wydr ei ffenestr neu lais yn galw *Deeerrrwwwyyynnn...* o'r goedwig.

Ond chlywodd o ddim smic neithiwr. Roedd neithiwr yn noson normal – ac yntau wedi dechrau anghofio beth oedd yn normal bellach!

Yr ysgol – dyna beth oedd yn normal. Am y tro cyntaf yn ei fywyd, roedd Derwyn yn falch o gael mynd i'r ysgol. Roedd ei gartref wedi mynd yn rhy... crîpi.

Ar ben hynny, ofnai fod ei dad, erbyn bore heddiw, wedi dechrau ailfeddwl.

'Wnes i beth gwirion neithiwr, dywad?' meddai Tom dros frecwast. Roedd y postmon newydd adael dau fil arall, ynghyd â llythyr digon surbwch oddi wrth bobol y banc. 'Paid ti â sôn gair am gynnig y bwbach tew hwnnw wrth dy nain, o'r gorau?' meddai wrth Derwyn. 'Wna i fyth glywed diwedd y peth tasa hi'n dod i wbod fy mod i wedi deud wrtho fo lle i fynd.'

Doedd dim rhyfedd, felly, fod Derwyn ychydig yn flin, nag oedd? Tasa fo ond yn gallu trafod pethau efo Fflori.

Ond doedd Fflori ddim yn yr ysgol.

Daliodd Sharon ei bys dros ei gwefusau.

'Ma hi'n cysgu,' sibrydodd. 'Diolch byth...'

Brathodd Dorothi ei phen i mewn i'r ystafell wely, ond doedd nemor ddim i'w weld o Fflori heblaw am ei gwallt ar y gobennydd.

Caeodd Sharon y drws yn ddistaw ac aeth y ddwy trwodd i gegin y fflat.

'Dwi wedi bod i fyny ac i lawr fel io-io efo hi drw'r nos,' meddai Sharon. 'Un breuddwyd cas ar ôl y llall. Ond y peth gwaetha oedd 'i thrwyn bach hi, fel roedd o'n pistyllio gwaedu bob un tro.'

Tynnodd Sharon ei chôt amdani ac estyn ei bag.

'Breuddwydio am be oedd hi, Sharon?' holodd Dorothi.

'Dyna'r peth, dwi ddim yn gwbod.' Roedd golwg wedi ymlâdd yn llwyr ar Sharon. 'Mond rhyw hannar deffro roedd hi bob tro, mond digon i beidio â gweiddi a sgrechian, cyn setlo'n ei hôl a chysgu'n syth bìn unwaith eto.' Tynnodd ei chôt amdani'n dynnach, fel petai gwynt oer newydd chwythu drwy'r fflat. 'Mond i weiddi eto ymhen rhyw hannar awr, neu awr. Ond dwi ddim yn leicio'r gwaedlifau 'na, Mam. Dwi am sôn wrth Doctor Parri.'

Dwi ddim yn meddwl y gall Doctor Parri helpu ryw lawer, meddyliodd Dorothi ar ôl i Sharon fynd i'w gwaith. Cymerodd sbec arall ar Fflori cyn eistedd gyda phaned i feddwl. Roedd hyn yn ormod o gyd-ddigwyddiad, penderfynodd. Treulio oriau ddoe yn y goedwig, ac wedyn cael un breuddwyd cas ar ôl y llall.

Am be, tybed? meddyliodd Dorothi.

A be ddigwyddodd iddi ddoe yn y goedwig ofnadwy yna? Roedd Mam yn llygad ei lle. Mae yna rai llefydd na ddylai neb fynd ar eu cyfyl nhw, meddai wrthi'i hun unwaith eto.

Byth – ar unrhyw gyfrif.

Pennod 28

Neithiwr, canodd y ffôn yn nhŷ Mediwsa.

'Helo?'

'Mediwsa…'

Fel arfer, roedd Mediwsa'n edrych ymlaen at dderbyn galwadau ffôn oddi wrth Syr Richard Collins. Wedi'r cwbwl, roedd o'n talu'n dda iawn iddi am ei gwasanaeth arbennig.

Ond neithiwr, teimlodd Mediwsa'i chalon yn suddo – yn enwedig pan glywodd hi eiriau nesaf Syr Richard.

'Mae angen i ti ymweld â'r bwthyn hyll hwnnw unwaith eto,' meddai Syr Richard.

'O…'

Y bwthyn wrth geg y goedwig… Roedd Mediwsa wedi gwneud ei gorau i anghofio am y goedwig honno.

'Ond… beth am Jasper Jenkins?' gofynnodd Mediwsa.

Cliriodd Syr Richard ei wddf. 'Mae Jasper wedi'n gadael ni,' meddai. 'Mae o wedi drysu'n lân, ac yn gallu gwneud dim byd ond crynu ag ofn a pharablu am dylluanod ac ysbryd rhyw ddynes yn gwenu arno mewn ffordd ofnadwy.'

'Beth?'

'Ond dydi hynny ddim yn bwysig,' meddai Richard Collins. 'Yr hyn sydd *yn* bwysig ydi'r ffaith fod y dyn ystyfnig sy piau'r bwthyn wedi gwrthod y cynnig a gafodd o gan Jasper, cyn i Jasper… ddrysu.'

'Wela i,' meddai Mediwsa. 'Felly rydych chi am i mi ddychwelyd yno.'

'Yfory, Mediwsa,' meddai Richard Collins. 'Gorau po gyntaf.'

Dyna pam roedd Mediwsa, heddiw, yn sefyll y tu allan i'r bwthyn bach diolwg hwnnw unwaith eto.

A'r goedwig y tu ôl iddi.

Ceisiodd Mediwsa anwybyddu'r teimlad fod y goedwig yn ei gwylio. Canolbwyntiodd ar y bwthyn. Roedd hen fan rydlyd wedi'i pharcio'r tu allan iddo heddiw. Oedd rhywun gartref?

Wel, ta waeth: doedd dim rhaid i Mediwsa fynd i mewn i'r tŷ. Gwnâi'r ardd y tro'n tshampion. Ac fel y dywedodd Syr Richard neithiwr, gorau po gyntaf – er mwyn iddi hi fedru mynd yn ôl i'w char a gyrru oddi wrth y goedwig anghyfforddus yma.

Unwaith eto, rhoes y giât wich fel caead arch Draciwla'n agor wrth i Mediwsa'i gwthio'n agored a chamu drwyddi i ardd ffrynt y bwthyn.

Newydd gamu allan o'r gawod yr oedd Tom pan glywodd sŵn cyfarwydd y giât yn gwichian.

'Pwy goblyn sydd yna rŵan?' meddai wrtho'i hun. Lapiodd dywel am ei ganol wrth fynd i ystafell wely Derwyn er mwyn cael sbec allan drwy'r ffenestr.

'Nefi bliw!' ebychodd.

Roedd dynes yng ngardd y bwthyn, gwelodd. Dynes dal, denau, gyda gwallt du wedi'i dorri'n gwta. Ond y peth rhyfeddaf amdani oedd hyn: roedd hi'n gorwedd ar ei hyd ar y glaswellt ac yn edrych fel tasa hi'n siarad i mewn i dwll yn y pridd.

'Be nesa?!'

Trodd Tom o'r ffenestr a brysio allan o'r ystafell ac i lawr y grisiau, wedi anghofio'n llwyr ei fod o'n noethlymun heblaw am y tywel am ei ganol.

Gorffennodd Mediwsa hisian i mewn i'r ddaear. Dyna ni, meddyliodd wrth godi i'w sefyll, dyna hynna wedi'i wneud. Erbyn heno, mi fydd pobol y tŷ yma'n difaru'u heneidiau iddyn nhw wrthod cynnig Jasper Jenkins.

Trodd am y giât…

… a rhewi.

Roedd rhywun yn sefyll yng ngheg y goedwig, dan

gysgod y coed, yn ei gwylio. Dynes a'i gwallt brown, hir yn cuddio'i hwyneb, wedi'i gwisgo mewn jîns a chrys-t.

Teimlai Mediwsa'n oer drosti mwyaf sydyn. Rhwbiodd ei breichiau'n ffyrnig. Roedd rhywbeth am y ddynes a oedd yn… yn… wel, rhywbeth nad oedd yn *iawn*, rywsut.

Cododd y ddynes ei phen yn sydyn gan ddangos ei hwyneb i Mediwsa.

Ei hwyneb gwyn, gwyn…

'HOI!!'

Trodd Mediwsa'n wyllt i weld dyn yn brasgamu tuag ati o'r bwthyn – dyn a oedd yn hollol noeth heblaw am dywel wedi'i lapio am ei ganol.

'Be goblyn w't ti'n meddwl rw't ti'n ei blwming neud?!' gwaeddodd Tom arni. Ond yn hytrach na'i ateb, trodd y ddynes denau oddi wrtho gan rythu i gyfeiriad y goedwig, a golwg go ofnus ar ei hwyneb.

Edrychodd Tom i'r un cyfeiriad, ond welodd o ddim byd. 'Hoi!' meddai eto. 'Dwi'n siarad efo chdi…'

Cydiodd yn ysgwydd y ddynes denau.

Os oedd un peth roedd Mediwsa'n ei gasáu'n fwy nag unrhyw beth arall, cael ei chyffwrdd oedd hynny. Trodd yn sydyn i wynebu'r dyn gan hisian fel…

… fel neidr wenwynig, meddyliodd Tom, a gallai daeru fod gan y ddynes dafod hir, du a fforch yn ei flaen, a bod ei ddau ddant blaen yn hir ac yn finiog.

Gollyngodd Tom ei afael ar ysgwydd y ddynes a baglu'n ei ôl mewn braw. Rhythodd y ddynes arno'n filain am eiliad neu ddau cyn troi, a chydag un edrychiad nerfus arall i gyfeiriad y goedwig aeth allan o'r ardd a brysio am y ffordd fawr. Clywodd Tom sŵn drws car yn agor a chau, yna'r car yn gyrru i ffwrdd.

Roedd ei dywel wedi llithro i lawr dros ei fferau. Gwyrodd i'w godi'n reit frysiog, a meddyliodd am eiliad iddo gael cip ar rywbeth yn symud y tu mewn i'r twll roedd y ddynes ofnadwy, pwy bynnag oedd hi neu *beth* bynnag oedd hi, wedi'i adael yn y pridd. Ond pan edrychodd yn iawn, doedd dim byd i'w weld.

Pennod 29

Roedd Dorothi'n pendwmpian yn ei chadair pan glywodd hi'r sgrechian mwyaf ofnadwy'n dod o ystafell wely Fflori.

Neidiodd i'w thraed a brysio yno, gan ddisgwyl gweld Fflori yn ei gwely. Ond yn lle hynny, roedd Fflori'n sefyll wrth y ffenestr a'i chefn ati a rhywbeth ganddi yn ei dwylo.

'Fflori!' meddai Dorothi'n siarp.

Chymerodd Fflori ddim sylw ohoni. Roedd ei sgrechian yn fyddarol, a chydiodd ei nain ynddi gerfydd ei hysgwyddau a'i throi i'w hwynebu…

… a daeth Dorothi'n agos iawn at sgrechian ei hun, oherwydd roedd wyneb Fflori'n goch gan waed, bron fel petai'n gwisgo mwgwd coch. Ei thrwyn, sylweddolodd Dorothi – trwyn Fflori oedd yn gwaedu.

Ar yr un pryd, gwelodd Dorothi fod gan Fflori bluen fawr wen yn ei dwylo. Pluen anferth – doedd Dorothi erioed wedi gweld pluen mor fawr â hon yn ei bywyd. Wrth iddi rythu, syrthiodd dau ddiferyn o waed o drwyn Fflori a glanio ar y bluen. Gwelodd

Dorothi'r bluen yn crynu i gyd, fel petai trydan yn clecian trwyddi, ac yna'n gwingo yn nwylo Fflori gan droi nes bod ei blaen yn wynebu'r ffenestr.

Bron fel petai'n fyw.

Cydiodd eto yn Fflori gerfydd ei hysgwyddau a gweiddi arni.

'Fflori! *Fflori*!'

Peidiodd y sgrechian. Caeodd Fflori'i llygaid, a'u hagor nhw eto, ychydig yn hurt. Yna cliriodd y niwl ohonyn nhw, a gwenodd Fflori'n ansicr.

'O… haia, Nain,' meddai.

Yna edrychodd i lawr a sylwi ar y bluen ac ar y gwaed, a'r ffaith ei bod hi'n sefyll wrth y ffenestr yn ei phyjamas. Gollyngodd y bluen mewn braw, ond yn hytrach nag aros ar y carped, cododd y bluen gan droi a throsi yn yr awyr, cyn anelu am y ffenestr a glynu i'r gwydr.

Fel petai gwynt cryf yn gwneud ei orau i'w sugno allan.

Trodd Fflori at Dorothi, a'r braw yn llenwi'i hwyneb.

'Nain?' meddai. 'Nain – be sy'n digwydd i mi?'

Roedd Dorothi'n wyn fel y galchen erbyn i Fflori orffen adrodd ei hanes. Roedden nhw yn yr ystafell fyw, a Fflori bellach wedi golchi a sychu'r gwaed oddi ar ei hwyneb.

'Rydach chi'n gwbod be sy'n digwydd, Nain, yn dydach?' meddai.

'Fi? Nac 'dw i…'

'Ydach! Mi welis i'r ffordd roeddach chi'n edrach pan ddeudis i am y coed, a'r wynab mawr gwyrdd hwnnw yng nghanol y dail!'

'Fflori…'

'Dwi ddim yn blentyn bach!'

Edrychodd Dorothi ar ei hwyres. Roedd llygaid Fflori wedi'u hoelio ar ei rhai hi – ac mae hi'n iawn, meddyliodd Dorothi, dydi hi ddim yn blentyn bach mwyach. Os rhywbeth, mae hi'n hŷn o lawer na'i hoed.

Ac wrth iddi feddwl hyn, cafodd gip ar rywbeth yn symud y tu mewn i lygaid Fflori.

Rhywbeth hen, hen.

Edrychodd Dorothi i ffwrdd yn gyflym.

'Be oedd o, Nain?' gofynnodd Fflori. 'Yr wynab mawr hwnnw yn y dail. Be oedd o?'

Ochneidiodd Dorothi. 'Gwranda, ma'n well os nad w't ti…'

'Nain!'

'Dydi o ddim yn dangos ei wyneb yn aml,' meddai. 'Anaml iawn, a dweud y gwir. A dim ond i bobol

arbennig.' Mentrodd edrych eto ar Fflori. 'Fel fy mam
– dy hen nain. A thitha hefyd, mae'n amlwg.'

'Pwy, Nain?' gofynnodd Fflori.

Petrusodd Dorothi, gan gau'i llygaid fel petai hi'n
gweddïo.

'Y Dyn Gwyrdd,' meddai.

Pennod 30

Pan gyrhaeddodd Sharon adref am hanner awr wedi un, ar ddiwedd ei shifft, gallai ddweud yn syth bìn fod Dorothi a Fflori wedi bod yn siarad am 'y pethau gwirion rheiny' unwaith eto: roedd wynebau'r ddwy'n llawn euogrwydd.

Mi aeth hi'n ffrae rhwng Sharon a Dorothi, ac aeth Fflori i'w hystafell i wisgo. Tynnodd grys chwys a phâr o jîns amdani, yna sylwodd fod y bluen fawr wen wedi llithro oddi ar y ffenestr i'r llawr.

Bron heb feddwl, plygodd Fflori a'i chodi.

Teimlodd ryw egni rhyfedd yn gwibio drwy'i bysedd, drwy'i llaw, i fyny ei braich ac yna drwy'i chorff. Roedd y bluen yn gwingo yn ei llaw nes bod ei blaen unwaith eto'n pwyntio at y ffenestr. Roedd hi hefyd yn wynnach nag erioed, a bron â'i dallu, fel eira ffres ar fore heulog.

Caeodd Fflori ei llygaid... ac fe'i gwelodd hi'i hun yn hedfan uwchben y dref, dros y caeau ac yn uchel dros gopa Bryn-y-Garth nes bod y goedwig oddi tani. Yna i lawr â hi nes ei bod uwchben bwthyn Derwyn a Tom, yn setlo ar y to ac yn syllu i lawr i'r ardd. Roedd dwy domen flêr yno, ar ganol y glaswellt o flaen y tŷ...

ac roedd y ddwy domen yn symud, yn byrlymu ac yn gwingo....

Dyna pryd y dechreuodd Fflori sgrechian eto.

'Be ar y ddaear ydw i i fod i'w ddeud wrth y prifathro?' gofynnodd Sharon. Edrychodd ar Fflori yn nrych y car. 'Dwi ddim isio i'r dyn feddwl fy mod i'n drysu.'

Roedden nhw ar eu ffordd i'r ysgol – Sharon yn gyrru, Dorothi wrth ei hochr a Fflori yn y sedd gefn.

'Deud fod Tom wedi cael damwain fach – dim byd ofnadwy, wedi syrthio oddi ar ysgol ne rywbath tebyg,' awgrymodd Dorothi.

Ochneidiodd Sharon ac ysgwyd ei phen. Edrychodd eto ar Fflori yn y sedd gefn. Roedd hi'n ddistaw, diolch i'r nefoedd, yn swatian mewn cornel o'r sedd fel iâr yn ei phlu.

A sôn am blu...

Iawn, meddyliodd Sharon, roedd y ffordd roedd y bluen felltith yna'n ymddwyn yn od, a dweud y lleiaf – yn troi'n llwyd ac yn llipa bob tro ro'n i'n cydio ynddi, ond yn disgleirio'n wyn ac yn bywiogi trwyddi pan oedd Fflori'n gafael ynddi.

Ac roedd Fflori mor sicr fod rhywbeth ofnadwy'n mynd i ddigwydd i Tom a Derwyn! Roedd hi bron yn hysteraidd, yn mynnu eu bod yn mynd draw i'r ysgol er mwyn sicrhau na fyddai Derwyn yn mynd adref ar ei ben ei hun.

A beth am Tom? Roedd o gartref, yn y bwthyn… a dyna pryd y sylweddolodd Sharon ei bod hithau, hefyd, ym mêr ei hesgyrn, yn coelio Fflori.

Gwasgodd ei throed ar sbardun y car.

Ond ar ôl cyrraedd yr ysgol, cawsant ar ddeall fod Derwyn eisoes wedi mynd adref, fod ei nain wedi gorfod dod yno i'w nôl o'n gynharach yn y prynhawn.

Oherwydd roedd ei drwyn yn pistyllio gwaedu…

Pennod 31

Dechreuodd trwyn Derwyn waedu toc wedi dau, yn ystod prawf Mathemateg. Heb rybudd o gwbl, ymddangosodd dau flodyn coch ar y papur o'i flaen – pedwar erbyn iddo sylweddoli beth oedd yn digwydd.

'Mi wnaiff rhai pobol unrhyw beth i osgoi prawf!' tynnodd yr athrawes arno wrth iddo fartsio allan o'r dosbarth a'i ben yn ôl ac yn pinsio'r cnawd uwchben ei drwyn rhwng ei fys a'i fawd – fel petai o newydd fod yn styc mewn lifft efo Jasper Jenkins.

Sylwodd hi ddim fod Derwyn bron â chrio. Roedd y gwaedlin wedi dod ag atgofion am ddoe'n ôl iddo. Wrth frysio ar hyd coridor yr ysgol, teimlai fod yna goed yn gwyro i lawr tuag ato o bob cyfeiriad, a phob un ohonyn nhw'n ysu am gael llyfu ei waed.

Llwyddodd i atal rhywfaint ar y gwaedu, ond roedd o newydd eistedd i lawr yn ei ôl pan gychwynnodd ei drwyn lifo eto fyth. Yn y diwedd, roedd yn rhaid ffonio'i nain i fynd â fo adref – gan fod Tom, wrth gwrs, yn methu â gyrru oherwydd ei law.

'Dwi'n meddwl y dylan ni fynd â chdi draw i'r ganolfan iechyd,' oedd barn Rhiannon.

'Mi fydda i'n ocê, Nain. Ylwch – mae o wedi stopio gwaedu rŵan.'

Diolch byth, meddyliodd. Buasai Sharon yn siŵr o'i holi'n dwll, yn enwedig gan fod trwyn Fflori wedi gwaedu ddoe, hefyd.

Fflori, Fflori…

Be oedd yn bod arni hi heddiw, tybed? Pam nad oedd hi yn yr ysgol?

Unwaith eto, roedd o'n teimlo'n flin iawn tuag at y goedwig. Pam wyt ti wedi newid cymaint yn ddiweddar? meddyliodd wrth i'r car yrru heibio iddi. Roeddan ni'n arfar bod yn ffrindiau mawr, ti a fi. Ond rŵan, rwyt ti fel dy fod di'n gneud dy orau glas i gael gwared ohona i a Dad.

Wrth gerdded o'r car i'r bwthyn, meddyliodd iddo gael cip sydyn ar rywbeth yn symud yn gyflym trwy'r glaswellt.

Uwchben y goedwig, roedd yr awyr yn ddu, ddu…

Rhiannon oedd y gyntaf i'w gweld nhw, ychydig funudau ar ôl iddi hi a Derwyn gyrraedd y bwthyn.

I fyny yn yr ystafell wely sbâr roedd hi, yr un drws nesaf i ystafell Derwyn, yn gwneud rhywfaint o lanhau gan fod Tom wedi cael ffrae go ddrwg efo'r hwfyr yn ddiweddar. Roedd o a Derwyn y tu allan i'r giât, yn trio

cael yr hen fan druenus honno i gychwyn unwaith eto
– Tom o dan y bonet yn ffidlan, a Derwyn yn eistedd
wrth yr olwyn lywio'n troi'r allwedd bob tro roedd ei
dad yn gweiddi, 'Reit – tria fo rŵan!'

Roedd Rhiannon ar fin troi oddi wrth y ffenestr
a dychwelyd at ei glanhau pan welodd hi rywbeth yn
symud drwy'r glaswellt yn yr ardd.

Be goblyn?

Edrychodd eto… a theimlo'i gwaed yn llifo'n oer
wrth i'r croen gŵydd flodeuo dros ei chorff.

Neidr!

Na – nadroedd, meddyliodd, wrth iddi weld y
glaswellt mewn rhan arall o'r ardd yn symud wrth i
neidr arall lithro trwyddo. Ac un arall… ac un arall
eto!

'O'r nefoedd, be sy'n digwydd yma?' crawciodd
wrth i fwy a mwy o nadroedd symud drwy'r glaswellt.
Yna gwelodd fod twll yn y pridd, yn agos at y giât.

Roedd y nadroedd yn dod allan o'r twll – yn
llifo allan ohono, un ar ôl y llall yn rhibidirês. Wrth
i Rhiannon rythu, tyfodd y twll a daeth tua dwsin o
nadroedd allan ohono ar yr un pryd. Roedd rhagor o
dyllau'n ymddangos yma ac acw yn yr ardd, a mwy o
nadroedd yn llifo o bob un o'r rheiny hefyd. Roedd
rhai yn fwy na'i gilydd, eraill yn dewach na'i gilydd,
ond roedden nhw i gyd yn frown, a phatrwm pendant
ar eu cefnau. Roedd Rhiannon wedi dysgu digon oddi

wrth Derwyn i wybod nad nadroedd glaswellt diniwed oedd y rhain, ond gwiberod!

Ymhen llai na munud, roedd yr ardd gyfan yn symud, yn troi ac yn trosi ac yn gwingo – yn berwi gyda nadroedd.

Ac roedd rhai ohonyn nhw'n troi ac yn anelu am y giât.

At lle roedd y fan...

... a Derwyn a Tom!

Ymysgydwodd Rhiannon a churo ar wydr y ffenestr. Ond roedd Derwyn yn troi'r allwedd, a chlywon nhw mo Rhiannon dros besychu afiach injan y fan.

Ceisiodd Rhiannon agor y ffenestr, ond roedd hi'n gwrthod yn lân â symud. Wrth gwrs, doedd yr ystafell hon ddim wedi cael ei defnyddio ers dyn a ŵyr pryd, ac felly doedd y ffenestr ddim wedi cael ei hagor ers dyn a ŵyr pryd chwaith. Curodd Rhiannon arni eto, ond roedd y fan yn dal i besychu.

Edrychodd o'i chwmpas yn wyllt. Roedd cadair bren wrth droed y gwely. Cydiodd Rhiannon ynddi a'i thaflu â'i holl nerth at y ffenestr.

Pennod 32

'Tria fo rŵan,' meddai Tom o dan y bonet.

Trodd Derwyn yr allwedd eto. Pesychodd yr injan ddwywaith ac yna, er mawr syndod i'r ddau ohonyn nhw, chwyrnodd a thanio.

'Iaaaaaa!' bloeddiodd Tom gan godi'i law a dyrnu'r awyr...

... a neidio eto wrth i gadair bren ffrwydro allan drwy ffenestr yr ystafell wely sbâr mewn cawod o wydr.

'Nefi bliw!'

Gallai Tom weld ei fam yn y ffenestr yn gweiddi rhywbeth: roedd golwg wyllt arni, a'i gwallt orengoch yn ymwthio i bob cyfeiriad. Bron fel dynes wallgof. Ond roedd Derwyn wrthi'n refio'r injan fel coblyn ac yn gwneud gormod o dwrw i Tom allu clywed Rhiannon yn iawn.

Yn hytrach na dweud wrth Derwyn roi'r gorau iddi, cerddodd yn nes at giât y bwthyn.

'NAAAAAAA!' sgrechiodd Rhiannon.

'Be?'

Camodd Tom i mewn drwy'r giât.

'Be dach chi'n 'i ddeud, Mam?'

Teimlodd rywbeth yn symud dros ei draed a rhywbeth arall yn gwingo'n wyllt o dan ei esgidiau. Edrychodd i lawr.

'Aaaarrrgh!' bloeddiodd Tom.

Roedd o'n sefyll yng nghanol nythaid o nadroedd. Na – mwy na nythaid – roedd o'n sefyll ar garped byw o nadroedd. Neidiodd yn ei ôl, ond glaniodd ar ragor o'r sglyfaeth pethau. Teimlodd bigiad poenus yn ei goes dde wrth i un lapio'i hun am ei ffêr a suddo'i dannedd i mewn i'r cnawd. Dawnsiodd ar ei droed chwith gan floeddio mewn poen a thrio ysgwyd y neidr oddi ar ei goes dde, ond teimlodd ddau bigiad arall yn ei goes chwith.

Roedd ei goesau fel tasen nhw ar dân. Llifodd y nerth ohonyn nhw wrth i'r gwenwyn rasio drwy'i waed. Dechreuodd y byd droi a syrthiodd Tom ar ei liniau,

ac yna ar ei gefn,

i ganol y nadroedd.

Yn nrych ochr y fan, gwelodd Derwyn ei dad yn cerdded am y giât – ac yna edrychai fel tasa fo'n dawnsio yn yr ardd. Roedd Tom yn neidio o un goes i'r llall a'i freichiau'n troi fel llafnau melin wynt. Yna dechreuodd hopian ar ei droed chwith.

'Be ma hwn yn neud?' meddai Derwyn wrtho'i hun.

Pennod 33

Roedd Rhiannon newydd gychwyn i lawr y grisiau pan welodd hi'r nadroedd yn llifo i mewn dros y rhiniog.

Roedd gweld Tom yn syrthio i ganol y nadroedd yn yr ardd wedi ei pharlysu. Safodd yno, yn crynu trwyddi. Roedd gweld Derwyn yn edrych fel tasa fo am redeg i'w canol nhw wedi ei hysgwyd. Ar ôl sgrechian arno i ddychwelyd i'r fan, trodd a mynd o'r ystafell gyda'r bwriad o ffonio am help.

Yna gwelodd hi'r nadroedd. Roedden nhw wedi cychwyn i fyny'r grisiau. Trodd mewn panig i fynd yn ei hôl i fyny.

Sgrechiodd yn uchel wrth i ddwy nodwydd boeth suddo i gnawd ei llaw ar y canllaw.

Baglodd Rhiannon oddi wrthi. Aeth yn ôl i fyny'r grisiau, ar hyd y landin ac yn ei hôl i mewn i'r ystafell sbâr gan gau'r drws yn dynn. Gallai deimlo'r gwenwyn yn ei gwaed ac roedd ei llaw wedi dechrau chwyddo. Teimlai'n benysgafn. Roedd yr ystafell yn troi o'i chwmpas.

Wrth iddi lewygu, gallai glywed – dros y chwibanu uchel, main yn ei phen – sŵn car yn cyrraedd y tu allan i'r bwthyn, ond yna llithrodd i dywyllwch.

Edrychai'r fan fel petai brigau drosti i gyd – ond fod y brigau'n symud. Fel y ddaear o gwmpas yr olwynion.

Caeodd Fflori'i llygaid. Oedd hi'n breuddwydio eto? Ond pan ailagorodd ei llygaid, roedd y nadroedd yn dal i fod yno, dros y fan a'r ddaear o'i chwmpas. Ebychiad gan ei nain: 'Mae rhywun y tu mewn iddi! Dwi'n siŵr!'

Wrth iddi orffen siarad, gwelsant wyneb gwyn ac ofnus yn ymddangos yn un o ffenestri cefn y fan.

'Derwyn!' meddai Fflori.

Yna clywodd lais ei nain yn dweud, 'Fflori – na!'

Ond roedd Fflori wedi camu allan o'r car, a'r bluen wen yn ei llaw.

'Fflori!'

Dechreuodd Sharon a Dorothi ddod o'r car, a throdd Fflori tuag atyn nhw. 'Arhoswch chi lle rydach chi!'

'Fflori, paid. Ty'd yma…'

'Sharon…' meddai Dorothi'n dawel. 'Gad iddi. Mi fydd hi'n iawn.'

'Be? Fedrwch chi ddim gweld yr holl nadroedd?' meddai Sharon.

'Edrycha ar y ddaear, Sharon,' meddai Dorothi, gan bwyntio at Fflori.

Edrychodd Sharon a theimlo'i choesau'n troi'n wan. Roedd Fflori'n sefyll yng nghanol môr o nadroedd.

Ond…

… roedd y nadroedd i gyd yn cadw'n glir oddi wrthi. Roedd cylch bychan, cul o laswellt clir rhwng Fflori a'r nadroedd – fel petai câs gwydr yn eu gwahanu.

Cododd Fflori'r bluen a'i dal yn uchel gyda'i blaen yn pwyntio tuag at y goedwig. Roedd y bluen yn sgleinio'n wyn ac yn crynu trwyddi, ac edrychai fel petai ei hegni yn llifo i mewn i gorff Fflori.

Caeodd Fflori ei llygaid.

Daeth sŵn o'r goedwig. Sŵn annaearol, fel tasa rhywun yn dweud 'Sssshhhh' i mewn i feicroffon. Tyfodd y sŵn yn uwch ac yn uwch nes ei fod yn swnio fel sgrech aflafar.

Distawrwydd sydyn… yna'r sŵn eto, yn uwch y tro hwn. Daeth sŵn arall o geubal y goedwig. Meddyliodd Sharon ei bod hi'n drysu a'i bod hi'n clywed sŵn y môr, sŵn tonnau'n sgubo dros gerrig mân ar y traeth.

Ac o'r goedwig, daeth y tylluanod.

Cannoedd ohonyn nhw – cymylau anferth o dylluanod. A sŵn y gwynt yn eu hadenydd wrth iddyn nhw hedfan o'r goedwig, am y bwthyn, ac yna i lawr am y nadroedd – fel awyrennau rhyfel mewn llu awyr anghyffredin o dawel.

I lawr, gan sgubo dros y ddaear efo'u traed miniog

yn cribo'r glaswellt. A phan godai bob tylluan yn ei hôl, roedd ganddi neidr yn hongian yn llipa rhwng ei chrafangau ac un arall yn gwingo yn ei phig.

Digwyddodd hyn drosodd a throsodd – fel corwynt o dylluanod. Daethant yn ddigon agos i'r merched allu teimlo'r gwynt o'u hadenydd. Diflannodd rhai drwy ddrws ffrynt y bwthyn, ac eraill drwy ffenestr yr ystafell wely sbâr a dod allan ymhen ychydig eiliadau, pob un â neidr yn ei phig ac un arall rhwng ei chrafangau.

A thrwy gydol y cyfan, safai Fflori a'i llygaid ynghau a'r bluen wen yn crynu yn ei llaw.

Teimlai Sharon, wrth edrych yn ôl, ei bod wedi sefyll yno am oriau a'r tylluanod yn gwibio o'i chwmpas. Roedd o bron yn hypnotig. Gwylio'r siapiau brown, pluog yn sgubo i bob cyfeiriad – a dim i'w glywed ond sŵn y gwynt yn sibrwd drwy eu plu wrth iddyn nhw hedfan heibio iddi.

Roedd Dorothi wedi mynd at y fan ac wedi agor y drysau ôl. Doedd yr un neidr i'w gweld ar ei chyfyl – roedd gan Sharon frith gof o weld sawl tylluan yn ymwthio dan y fan, ac yn dod allan yr ochr arall a nadroedd yn eu pigau.

Dringodd Derwyn allan o gefn y fan. Ymwthiodd

heibio i Dorothi ac anelu'n syth am y giât, yn ysu am gael mynd at ei dad.

Arhosodd yn stond.

Roedd Tom yn dal i orwedd yn yr ardd. Gorweddai'n hollol lonydd, a safai tuag ugain o dylluanod mewn cylch o'i gwmpas, fel milwyr yn ei warchod. Cymerodd Derwyn gam tuag atyn nhw, ond yn hytrach na chodi a hedfan i ffwrdd, agorodd y tylluanod eu hadenydd yn llydan.

Teimlodd Derwyn ddwylo Dorothi ar ei ysgwyddau. 'Dydyn nhw ddim am i ti fynd ar ei gyfyl o, Derwyn,' meddai Dorothi. 'Ddim ar hyn o bryd, beth bynnag.'

Roedd y tylluanod eraill wedi hedfan yn ôl i'r goedwig, pob un heblaw am yr ugain a safai'n gwarchod Tom.

'Ond... ma'n rhaid i mi!' llefodd Derwyn. 'Dad ydi o...'

'Ia, wn i, 'ngwas i. Ond aros am funud...'

Roedd Derwyn ar fin holi pam pan ddaeth y sŵn uchel hwnnw o'r goedwig unwaith eto.

Sgrech y dylluan wen... a phan drodd y pedwar ac edrych tua'r goedwig, dyna lle roedd hi, yn anferth uwchben y coed, ei hadenydd yn llydan agored a'i phlu'n glaerwyn yn erbyn y cymylau duon.

Daeth i lawr heb smic, gan lanio y tu mewn i'r cylch tylluanod.

A setlo ar Tom, gan lapio'i hadenydd amdano.

'Na!' gwaeddodd Derwyn. Ond teimlodd ddwylo Dorothi'n ei rwystro eto.

'Gadwch i mi *fynd*!' Trodd Derwyn i gyfeiriad Fflori. 'Fflori, deud wrth dy nain…'

Ond doedd Fflori ddim hyd yn oed yn edrych i'w gyfeiriad. Safai a'i llygaid ynghau o hyd, ond y tro hwn yn wynebu Tom a'r dylluan wen ac yn pwyntio'r bluen tuag atyn nhw.

Trodd Derwyn yn ei ôl, ac wrth iddo wneud, cododd yr ugain tylluan arall fel cwmwl oddi ar y ddaear…

… ac am eiliad, dim ond un eiliad, teimlai Derwyn nad tylluan wen oedd yn swatio dros gorff ei dad, ond dynes ifanc.

Dynes â gwallt brown, hir, wedi'i gwisgo mewn jîns a chrys-t.

Ond tylluan a gododd oddi ar Tom, tylluan fawr wen. Codi i fyny i'r awyr, cyn troi a diflannu dros y coed.

Ar ôl iddyn nhw fynd o'r golwg, wrth iddo droi i ffwrdd, meddyliodd Derwyn iddo gael cip arall ar y ddynes ifanc honno mewn crys-t a jîns, yn sefyll yng nghysgod y coed.

A'i bod hi'n gwenu arno'n gariadus cyn iddi hithau, hefyd, ddiflannu.

Neidiodd Derwyn pan glywodd o lais cyfarwydd yn dweud, 'Wneith rhywun plis ddeud wrtha i be goblyn sy'n digwydd yn y blwming lle 'ma?'

Rhythodd yn gegagored.

Roedd ei dad yn eistedd ar y glaswellt ac yn edrych o'i gwmpas yn hurt, fel rhywun oedd newydd ddeffro ar ôl cerdded yn ei gwsg.

Roedd Tom mor iach â chneuen.

Pennod 34

'Nefi wen, ma isio gras efo'r hogyn yma!' meddai Rhiannon.

Hanner awr ynghynt, doedd neb yn credu y byddai Rhiannon yn gallu anadlu eto, heb sôn am ddwrdio'i mab.

'Lle ma Mam?' gofynnodd Tom wrth ddod ato'i hun.

Yn yr holl gyffro o gael ei dad yn ôl yn fyw ac yn iach, roedd Derwyn wedi anghofio mai'r tro diwethaf iddo weld ei nain oedd pan sgrechiodd Rhiannon arno drwy ffenestr yr ystafell wely sbâr.

Brysiodd pawb i mewn i'r bwthyn. Doedd yr un neidr i'w gweld yn unman – roedd yr holl dylluanod wedi gwneud joban wych o glirio'r tŷ.

Daethant o hyd i Rhiannon yn gorwedd ar lawr yr ystafell sbâr, ei hwyneb yn wyn fel y galchen ac yn crynu drwyddi. Roedd ei llaw wedi chwyddo'n anferth, a hoel dau ddant bach milain ar ei chroen.

'Ambiwlans...' meddai Sharon.

Ond chafodd hi mo'r cyfle i ddweud mwy. Neidiodd y bluen wen o law Fflori, hedfan ar draws yr ystafell a setlo ar law Rhiannon. Wrth iddyn nhw i gyd rythu, dychwelodd y lliw i wyneb Rhiannon, rhoes y gorau i'r hen grynu poenus a diflannodd y chwydd yn ei llaw. Agorodd ei llygaid a gwenu ar y wynebau difrifol a syllai i lawr arni.

Ond dyma hi'n awr yn rhoi pryd o dafod eto fyth i Tom druan. 'Ar ôl bob dim sy wedi digwydd yma heddiw,' meddai, 'mi fasa unrhyw un call yn meddwl na fasat ti isio bod o fewn can milltir i'r hen fwthyn yma.'

'Ylwch, Mam, dydi hannar dwsin o dylluanod a neidr ne ddwy ddim am fy hel i o'm cartra fy hun,' meddai Tom.

'Hannar dwsin?' protestiodd Sharon.

'Neidr ne ddwy?!' ebychodd Rhiannon.

Aeth Derwyn a Fflori allan i'r ardd a gadael iddyn nhw ddadlau. Roedd hi'n noson braf, a lleuad newydd fel cryman uwchben y goedwig.

'Ti'n iawn, Hyll?' gofynnodd Derwyn.

'Ydw, diolch. Be amdanat ti, Hyllach?' gofynnodd Fflori.

'Ydw, dwi'n meddwl 'mod i,' atebodd Derwyn.

Edrychodd ar Fflori.

Edrychodd Fflori'n ôl arno.

'Whiw!' meddai'r ddau yr un pryd.

'Yn hollol,' meddai llais o'r tu ôl iddyn nhw. 'Whiw…'

Dorothi. Cerddodd allan atyn nhw a sefyll ag un llaw ar ysgwydd Fflori a'r llall ar ysgwydd Derwyn.

'Ydach chi am ddeud wrthan ni rŵan, Nain?' gofynnodd Fflori. 'Am y Dyn Gwyrdd?'

'Y be?' Edrychodd Derwyn o'r naill i'r llall.

'Mi gawsoch chi gip arno fo ddoe,' meddai Dorothi. 'Yn y dail.'

Nodiodd Fflori a Derwyn, gan edrych ar ei gilydd eto.

'Ond... be ydi o?' holodd Derwyn.

'Ysbryd y goedwig,' meddai Dorothi. 'Hen, hen ysbryd. Ysbryd *pob* coedwig. Ysbryd byd natur.' Gwasgodd eu hysgwyddau. 'Ond sdim isio i chi boeni amdano fo. Ma'n amlwg ei fod o'n eich hoffi chi. A dy dad hefyd, Derwyn.'

'Ydi o? Sut dach chi'n gwbod?' gofynnodd Derwyn.

'Mi wnaeth o anfon y tylluanod i ladd yr holl nadroedd yna, yn do?' meddai Dorothi. 'Ac adar y goedwig ydi'r tylluanod, yndê?'

'Ia,' meddai Fflori.

'Wel − ia, ond...' meddai Derwyn. 'Maen nhw'n nythu mewn hen sguboriau, hefyd...'

'Ia, ocê, Derwyn,' rhybuddiodd Fflori.

'... yn enwedig y dylluan wen. *Tyto alba*. Ac mae'r dylluan glustiog − *Asio flammeus* − yn nythu ar y ddaear, mewn grug a gwair.'

'Derwyn!'

'Sori... jyst deud. Ond be am y nadroedd?' gofynnodd. 'Y Dyn Gwyrdd anfonodd y rheiny hefyd?'

Ysgydwodd Dorothi'i phen. 'Dyna be dwi ddim yn ei ddallt,' meddai. 'Rhywbeth go ddrwg a anfonodd y nadroedd – rhywbeth digon drwg, ac yn ddigon o fygythiad, i ddeffro'r Dyn Gwyrdd.'

Edrychodd Derwyn i ffwrdd, gan feddwl yn syth am Jasper Jenkins a Syr Richard Collins, a oedd yn bwriadu difa'r goedwig.

Roedd Dorothi'n syllu arno'n graff.

'Oes gen ti unrhyw syniad be fasa hynny, Derwyn?'

Cofiodd Derwyn am eiriau ei dad: *Paid ti â sôn gair am gynnig y bwbach tew hwnnw wrth dy nain. Wna i fyth glywed diwedd y peth tasa hi'n dod i wbod fy mod i wedi deud wrtho fo lle i fynd.*

Felly, meddai wrth Dorothi: 'Fi? Nag oes, dim clem.'

Aeth Derwyn a Fflori'n ôl i mewn i'r bwthyn. Safodd Dorothi yn yr ardd am ychydig, yn mwynhau teimlad awel y nos ar ei hwyneb a'i sibrwd tawel wrth iddi chwythu drwy ddail y coed.

Trodd yr awel yn fain. Rhwbiodd Dorothi'i breichiau a throi'n ôl am y bwthyn, ond wrth droi cafodd gip ar rywun yn sefyll wrth un o'r coed yn ei gwylio. Dynes ifanc â gwallt hir, mewn jîns a chrys-t.

Brysiodd Dorothi'n ôl i mewn i'r bwthyn a chau'r drws yn dynn.

Pennod 35

Deffrodd Derwyn fore trannoeth gyda'r teimlad rhyfedd ei fod wedi cerdded yn ei gwsg.

Nid yn bell iawn, fodd bynnag, dim ond o'i wely at y ffenestr ac yn ôl. A'i fod o wedi sefyll wrth y ffenestr yn syllu allan ar y nos. Erbyn hynny, roedd y byd wedi troi ychydig ac roedd y lleuad gryman honno bellach uwchben y ffordd fawr a'r caeau gyferbyn â'r bwthyn.

Doedd goleuni'r lleuad ddim yn ddisglair ond roedd yn ddigon cryf i ddangos rhywbeth yn symud o'r goedwig ac yn croesi'r ffordd cyn cychwyn ar hyd y caeau.

Rhywbeth a edrychai fel coeden anferth.

Yna arhosodd y goeden yn stond, yng nghanol y caeau. Fel petai hi wedi synhwyro rhywbeth.

Trodd yn sydyn, a theimlai Derwyn fod y goeden yn rhythu'n ôl – dros y caeau, dros y ffordd – ar y bwthyn, ar ei ffenestr...

... ac arno fo.

Arhosodd felly am hydoedd, yn syllu ar Derwyn yn syllu'n ôl, yna trodd a llamu ar draws y caeau ac o'r golwg.

Am freuddwyd! meddyliodd Derwyn pan ddeffrodd fore trannoeth.

Os mai breuddwyd oedd o, yntê...

Deffrodd Mediwsa, hefyd, rywbryd ganol nos.

Rhyw sŵn annisgwyl a'i deffrôdd. Eisteddodd yn ei gwely a gwrando'n astud. Dyna fo eto – sŵn thymp trwm ar nenfwd ei hystafell wely. Fel petai rhywun wedi gollwng sach drom ar y llawr uwchben.

Yna daeth sŵn gwydr yn malu... ac eto... ac eto...

Neidiodd Mediwsa o'i gwely, a rhedeg o'i hystafell ac i fyny'r grisiau cul at ddrws yr atig. Fy mhlantos, meddyliodd, fy mhlantos bach i!

Agorodd y drws a sgrialu am swits y golau.

Rhythodd.

Oedd hi'n breuddwydio?

Roedd yr atig wedi troi'n goedwig. Roedd brigau a changhennau a dail yn ei llenwi. Na, meddyliodd wedyn, coeden oedd wedi cael ei chwythu gan y gwynt, ac wedi syrthio drwy'r to...

Ond doedd yna ddim gwynt heno.

A doedd yna'r un goeden yn tyfu ar gyfyl y stryd lle roedd Mediwsa'n byw. Wrth iddi feddwl hyn, daeth cangen fawr drwy un arall o ffenestri'r to a brigau fel bysedd yn tyfu ohoni. Teimlodd Mediwsa dân ar ei choes. Roedd dannedd y famba ddu yn sownd yn ei chnawd.

Ac roedd y llawr yn berwi o nadroedd.

Trodd i ffoi, ond roedd gwenwyn y famba'n rhy gryf a syrthiodd ar ei hyd i ganol y nadroedd.

Ac roedd ceg agored y cobra'n rhuthro am ei hwyneb.

Theimlodd hi mo'r anaconda'n ei lapio'i hun am ei chorff a'i gwasgu.

Pan gyrhaeddodd aelodau o'r RSPCA ac arbenigwyr o'r sw, roedd yr anaconda'n dal yno, yn cysgu'n hapus braf.

Ac roedd siâp dynes dal, denau i'w weld yn glir yn ei stumog.

Wel – hynny a oedd ar ôl ohoni.

Dechreuodd dwylo Jasper Jenkins grynu wrth iddo ddarllen erthygl yn y papur newydd:

DAMWAIN... A DIRGELWCH

Bu farw'r miliwnydd a'r gŵr busnes Syr Richard Collins – perchennog y gadwyn o siopau anferth ledled y wlad – mewn damwain ryfedd yn hwyr neithiwr. Credir bod Syr Richard, 52, wedi syrthio i'w farwolaeth oddi ar falconi uchel ei brif swyddfa.

Methodd yr awdurdodau, fodd bynnag, ag egluro dau beth rhyfedd. Roedd swyddfa Syr Richard yn llawn – o'r llawr hyd at y nenfwd – o frigau coed, ac o ddail. "Maen nhw wedi ymddangos yma o nunlle," meddai Ms Brenda Watson, ei ysgrifenyddes. "Cafodd yr heddlu drafferth agor drysau'r swyddfa, roedd cymaint o ddail a brigau y tu mewn iddi. Ac roedd Syr Richard yn casáu coed."

A'r ail ddirgelwch yw hyn: pan ddaethpwyd o hyd i gorff Syr Richard, roedd ganddo bluen fawr wen yn ei law dde. Yn ôl llefarydd ar ran yr RSPB, pluen tylluan wen oedd hi.

'P-p-p-p...' meddai Jasper (ond nid efo'i geg). Doedd o ddim wedi symud o'r tŷ ers iddo ddianc o'r bwthyn ofnadwy hwnnw. Doedd o ddim wedi cysgu rhyw lawer chwaith, oherwydd bob tro y caeai ei lygaid, teimlai'n siŵr fod yna ddynes gyda wyneb gwyn, gwyn yn crechwenu i lawr arno.

Cododd ac edrych allan drwy'r ffenestr. Doedd ganddo ddim bwyd ar ôl yn y tŷ, ond gwyddai na fedrai fynd allan i brynu peth. Roedd arno ofn y byddai haid o dylluanod yn ymosod arno ac y byddai'r ddynes ofnadwy honno'n dod ar ei ôl.

Hefyd, roedd y gwrych oedd o gwmpas ei dŷ wedi tyfu'n nes ac yn nes, rywsut.

A meddyliai Jasper yn siŵr fod yna hen, hen wyneb gwyrdd yn gwgu arno o ganol y dail.

Nonsens llwyr, wrth gwrs.

Yntê?

Rhai o nofelau eraill Cyfres Pen Dafad

£3.95

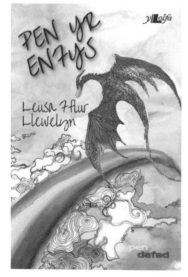

£3.95

£3.95

£2.95

Gwybodaeth am holl nofelau Cyfres Pen Dafad ar
www.ylolfa.com

Am restr gyflawn o lyfrau'r Lolfa, mynnwch
gopi am ddim o'n catalog
neu hwyliwch i mewn i'n gwefan

www.ylolfa.com

lle gallwch archebu llyfrau ar-lein.

TALYBONT CEREDIGION CYMRU SY24 5HE
ebost ylolfa@ylolfa.com
gwefan www.ylolfa.com
ffôn 01970 832 304
ffacs 832 782